一个华尔街女孩的面考实录

许子萱 ◎ 著

南方出版传媒 花城出版社

中国·广州

图书在版编目（ＣＩＰ）数据

一个华尔街女孩的面考实录 / 许子萱著. -- 广州：
花城出版社，2020.1
ISBN 978-7-5360-9020-0

Ⅰ．①一… Ⅱ．①许… Ⅲ．①散文集－中国－当代
Ⅳ．①I267

中国版本图书馆CIP数据核字(2019)第275067号

出 版 人：肖延兵
责任编辑：陈诗泳
技术编辑：薛伟民　凌春梅
封面设计：仙境设计
版式设计：姚　敏

书　　名　一个华尔街女孩的面考实录
　　　　　YIGE HUAERJIE NÜHAI DE MIANKAO SHILU
出版发行　花城出版社
　　　　　（广州市环市东路水荫路 11 号）
经　　销　全国新华书店
印　　刷　佛山市迎高彩印有限公司
　　　　　（佛山市顺德区陈村镇广隆工业区兴业七路 9 号）
开　　本　880 毫米×1230 毫米　32 开
印　　张　7.25　1 插页
字　　数　115,000 字
版　　次　2020 年 1 月第 1 版　2020 年 1 月第 1 次印刷
定　　价　39.80 元

如发现印装质量问题，请直接与印刷厂联系调换。
购书热线：020 - 37604658　37602954
花城出版社网站：http://www.fcph.com.cn

这里的黎明从不静悄悄

3 个星期，纽约高盛、摩根大通、美林证券等
20 多家投行层峰邀约，面考实录

30后与95后的交谊

——序《一个华尔街女孩的面考实录》

黄树森

2019年5月6日，纽约的初夏，嫣红姹紫，阳光灿烂。树荫儿映在我的脸上时明时暗。我坐在纽约中央公园的长凳上，享受着眷恋的和煦和迷人的人间烟火。

这个公园好大，有100多个出口，通往并映衬着四周围的摩天大楼。步道、灌木丛、森林、花床、喷泉、湖泊。田园风光，鳞次栉比；印第安人手工艺制品，墨西哥人炸的脆饼、古老的欧式马车和东方的黄色车、丹麦安徒生的塑像和蹲在他脚下的小丑鸭，公园旁的广场酒店，众多名流明星曾经在此驻足，至今酒店还保留着他们住过的房间，每周对外开放一次。人文荟萃，色彩斑斓。

新鲜的空气，足够的树荫，怡逷适然的田园风光，百年文化土壤浇灌积淀出一派没有被同质化标准化的诗意活力。

本书所写的故事：作者在3个星期内，辗转纽约高盛、摩根大通、美林证券等20多家投行和精品投行层峰邀约面考，就在以这个公园为圆心的这一带。"一天5轮面试下来，我坐在中央公园的长凳上，哭了"（第十八章），也是在这里。

烟火气，现场感，耳濡目染的东西，较之任何书本、经验，都管用得多，靠谱得多。成长，像一把钥匙，不经意就撬开记忆的阀门，一时搅得心绪不宁。记得当年她哭了之后，即给我打来一个长途电话；如今，身置曾经的"现场"，是心疼她的忍受，还是喜悦她的成长，暮齿之年，都已承受不起，只能强忍着让那泪珠儿在眼眶里打转。

成长，意味着压力。作者12岁后的10年，正经历成长的激增期。压力，非亲历者，断难有真切的体味。

从纽约郊区住地，先坐火车，到轮渡码头，过了哈德逊河，从华尔街铜牛处，再坐地铁，到投行考场，需要一个半到2个小时的长途跋涉。

从这个投行考场，转到另一个投行考场，从楼距上看，好像近在咫尺，真正走起来，就不是那么回事了；每天考一场，还好对付，每天考几场，就不是用1加1计算法。

这是力道的压力，属于体力的。

专业内的专精与专业外的通识；

智商与情商的平衡共融；

门槛门槛，过得了是门，过不了是槛；

面试者的每句话，都会影响着面试走向。

这是柔道的压力，属于心理、知识层面的。

心力交瘁，此之谓也。

成长，需要一个大的格局。

5月1日到12日，我们全家从密西根的安娜堡到纽约华尔街，作了一次旁行斜出的体味和实证，去感受那格局的熏陶和浸润。本书有言："文化的格局一大，心里就宏阔，精神会奔逸、自由。"（第十三章）体悟是真切的。

汩汩细流，润物无声，生生不息，赓续不已，是大格局背后安放的有趣灵魂。5月3日，密西根大学商学院举行毕业派对，其实院方只提供了庄严温馨大厅，制作了带有学校"M"标志的众多点心饮料，一个自助餐式随意组合。没有司仪没有程序没有致辞。好多系从世界各地而来的跨代（二代、三代）家庭组合，坐轮椅持拄手杖者也很多，无拘无束地聊天进食照相，自由自在地待上二三个小时，然后各自离去。

宏大叙事，强烈场域感，震撼力则是格局的另一个灵魂。

5月4日，为密西根大学的毕业典礼。在世界第三大球场之一的密西根体育场内举行，可容纳10万人的巨型球场里，除了主席台后面一片空着，参与者至少6万之众。这个密西根大学可是产生过25位诺贝尔奖得主、30位各大学校长、上千位著名运动员、2018年US News世界排名第18位的大学。自愿者多为退休教工，十分可亲。数架飞机拖着一长串的祝贺标志，绕场飞行。在整个程序进行中，仿佛在看一场球赛，有个插曲很有意思，当商学院学生起立作毕业欢呼时，其他院系则报以妖魔化华尔街的嘘声调侃之，不约而同的幽默，引来欢笑一片。这么大的场面，停车是门大学问，3号下午我们花了2个小时预先物色停车位。

安娜堡这个别具一格的节日之欢，住宿是个很大问题，我们在一年前就预订了酒店。轮椅、儿童车同行，二代三代人的参与，各种肤色人的共聚，其意义不止在知识的传递，在这个意趣神会的精神场域，展示百年的宏大愿景与和煦温度，百年的培土发芽和长身玉立。它追求百年的开花结果，而非一年一届的枝繁叶茂。内边饱含着父母养育、恩师惠赐、指点迷津、危难救急、交谊相知、绿叶烘托、施以援手、思念憧憬等说不清的情感和道不明的恩德。

成长，是一种忍受。

挫败、困惑，是成功的阿基米德基点；

提问的频率和质量，是最贵的学问；

写简历是门专业课，力气活；

高频率的时间安排和强大的内心培育，预埋了成功的伏笔。

对挫败的领教、提问的压力，写简历的长久不衰，时间的安排以及心理失衡的调理，都需要忍受。"你避免不了，就设法忍受，不能忍受生命中注定要忍受的事情，就是软弱和愚蠢的表现。"（勃伦特《简·爱》）摒弃软弱和愚蠢，是成长激增期必修功课。

成长，是一种长久的悉心呵护。

2015年，在庆贺我娘生下我的欢颜日子，子萱越洋送来了一种叫"念亲恩"的花，紫色，清香，她在美国高中即将毕业，已收到密西根大学罗斯商学院的第一份录取通知书。美国时间2015年1月11日下午1时，她发来微信，照录如下：

"昨天是我家外公80大寿以及新书《黄说》《说黄》首发双喜之日。有时候很难相信80岁的人还是如此的容光焕发和出奇的思维敏捷。外公就似我的好哥们、男闺蜜，所谓的"代沟"对我俩来说是最陌生的名词；我们可以聊一连几小时的莎士比亚，讨论一下午的中美教育差异，看一晚上的007（他的至爱，没有之一）……God knows（天知道）我是如此想成为像他的一样的人。最后，祝您生日快乐，福如东海。在接下来的日子，我希望向您证明这多年来的有意栽培及无意影响将是我人生蜕变中最强大的催化剂。"

这般的逸兴遄飞，很让我心醉神驰。感受跨代交谊的真诚温馨。

她的"好哥们、男闺蜜，所谓的'代沟'对我俩来说是最陌生的名词"，受到好多点赞和深切祝福。

这篇微信，来之不易。 我想得亏于她在美国高考的南征北战，押险韵式的自我推荐，接刁球式的频频面试。面对着十数间大学，少则数十字，多则数百字的短文、问卷、面试的战斗洗礼，沙场征战。这场考试，从2014年6月她回广州度暑假，就开始厉兵秣马，慎思细想，历时七八个月。（选材中的元素，构想中的逻辑，视角的转换，关键词的确定），她有时是老师，我有时是老师，无长幼之序，无正误之分，无主客之别，全属自由聊天，全凭思维碰撞。是个漫长的、永不歇息的思维大赛和毅力拼搏。一篇四五百字的问卷，重写了两三次，方告竣事。

2016年，适逢世界文化史"双子星座"——莎士比亚和汤显祖逝世400周年纪念。20世纪初，日本的青木正儿在《中国近世戏曲史》中，首次把莎、汤并列，倏忽已近百年。这一年，我和子萱交流频率最高的莎翁金句："凡是过去，皆为序幕"，和汤显祖金句："是花都放了，那牡丹还早。"鸢飞鱼跃，生生不息，是一个偈；花开了又谢了，岁月未老，牡丹未开，还有希望，颇具禅味。

近4年来，子萱迤逦一路，风吹雨打，尝尽生活酸甜苦辣，终究把激情挥洒，不仅完成大学本科学业，而且在华尔街投行实习期间面考，出了一盘彩，还在实习的空当儿写作了本书。本以为如烟的往事，又被重新勾起，突破了她曾经对我的"不宜心潮起伏过度"

的规劝。翻看了近几年我们间的通信，含小字条、小三角形帖子、手写长信、微信、明信片等等。语醋畅，意淋漓。特别如川端康成所说："在处理细部的能力"上，她很讲究、很着调。顺手摘录以下各条，备忘。

2010年8月，子萱给她妈妈的长信，"感谢妈咪十月怀胎把她带到这个奇妙的人间"。处于叛逆期的她，希望母女共同扫除"沟通障碍"；希望妈咪"孝顺公公和婆婆"，过几年，孝顺的事，就由她来"接棒"。她给妈咪四个星，还有"一分的进步空间"。信上贴了一对小熊，代表她们母女。

2010年8月，子萱送我两张京剧光碟，深得我心，听京剧曲牌《夜深沉》是可以降压的。送给婆婆小熊手机链，小熊代表她来陪伴婆婆。我信中对她的关注书店胜于商店，心怀"窃喜"。

2011年2月14日，读子萱来信，我在信后附一短简，写下了"忍受是一种成熟。换位思维是一种锻炼。理想的不可转移是一种动力，勤奋的坚守坚持是一种成功"数语。

2013年，她暑假后回美，留下一小纸条：这里总共890元，很可惜我努力省吃俭用还是用掉了300元。把没用完的钱放信封里留给我。

2016年暑假回穗时，她留下一张"卡中卡"，正卡是祝福全家生活快乐，附卡是在全家小摩擦中自己的歉意。在致全家的长信中说：

我不能保证将来的机遇和所谓的成功，但我相信自己一定能走得更远，再达新的平台。

这些信件中，子萱还对她的名字由来作了解读，"萱"字取"萱草堂前乐无忧""萱草虽微花，孤高能自拔"的含义；有了"微花"，就有了"椿萱并茂，乐而无忧"的幸福愿景。

2018的通信她有"艰难付出，绝非浮云；只要过了这些坎，就正式在成功的起跑线上了"的表述。

我则有了：成长期的爱、温暖、忍受，能降低压力荷尔蒙，让人心跳韵律更和谐，舒缓焦虑，治疗倦怠，保持活力的感悟。

十年风雨，立其趣向，发其奋进，既选择了远方，便日夜兼程。子萱已在密西根大学安娜堡罗斯商学院毕业并赴美林证券投行入职。又写下这本《一个华尔街女孩的面考实录》，记述她在苦读、实习、拼搏、情趣中的细绣缀锦和青春绚丽。时光匆匆，梦想未被蹉跎，开始的路，依然可以叫作远方，也让我感受到一种"堂堂小溪出前村"（宋·杨万里）的欢快。至此，历史的另一个"序幕"也被翻开。因以记之，是为序语。

2019年5月27日于广州

目 录

第一章
华尔街的黎明并不静悄悄

摆了个乌龙，看错邮件
黄昏5时，读作了凌晨5时

苍陌之中，华尔街黎明破晓前的一瞬。尽管我摆了个乌龙，把黄昏5时的约见看成了凌晨5时，但我心情极好，花若芬芳，凤蝶自来。这是我自年少时的憧憬之地，也是我此后人生喜乐挥洒的期盼之地。这一次的高盛参访，正式打响了我历时一年的华尔街求职的开场锣鼓。华尔街求职到后面的实习是一场漫长的、永不歇息的思维大赛和毅力拼搏。这本杂记，记录了这期间的心路历程及人生收获。

星光闪烁，路人并不稀疏

在我20岁（生日刚过）之际，不仅看到了高盛总部，更有幸一睹凌晨5时的曼哈顿。

凌晨5时的高盛。天幕只是一片深沉的黑，出其意料的是，这时的华尔街并不静悄悄，当我在街头闲逛、在高盛总部大堂等待校友的时候，股票交易员已经陆陆续续地上班了。他们一袭深灰色薄风衣，里面黑色衬衫配上黑色的西裤。修长笔挺的身材，容颜俊雅，浑身透着一股清冽和投行家天生的冷锐。一手拿着一杯星巴克，一手拿着当天的*Wall Street Journal*（《华尔街日报》），在去投行的路上已经熟悉了当天股票市场最新的动向，匆匆走进高盛大门，准备在8点的会议上做出详细的报告和应变上司提出的问题。而大部分20多岁、稍微年轻的分析师就身穿运动服，满头大汗，刚从健身房里出来，匆匆忙忙地赶去办公室，务求在老板上班前换上西服，做好股票市场开市的准备。

2017年春假：纽约高盛总部凌晨5时捉影。

第二章
格局一大，心里就宏阔

华尔街格局：力道

纽约曼哈顿，它的第一法器是力道。没有健全的体魄，在华尔街难以生存。华尔街所有的健身房都是24小时经营的。小时候就听过一句话："华尔街没有胖子。"或许有夸大成分，但必有它的道理。小至20岁出头的分析师，大到五六十岁的常务董事，都有着强大的自制能力，即使再累再忙也会抽时间健身。Royal Bank of Canada（加拿大皇家银行）每年都会举办一年一度的十项铁人赛，从22岁到62岁在各个投行工作的精英们悉数参加，高盛、摩根大通、美林证券、摩根斯坦利和花旗等每年都会捧场，让投行家们在运动场上一分高下。华尔街是金融圈子，根本上也是一个服务行业，每天与形形色色的客户打交道，身材就是投行家最好的名片，因为好身材象征的是强健的体魄，坚韧的意志力，能够适应高强度的运转，这是对客户最有说服力的信用。虽说在国外我们常说切记勿以貌取人，但是在纽约，对外表的考究极其严格，必须要打扮精神、穿着精致，这是最基本的工作态度。果真是："看看华尔街精英的身材，就知道他们为何能控制全球经济了。"这，其实就是华尔街文化之一。

我站在高盛大堂门口，一边等待校友，一边观察来往的人群。一个有趣的现象是当一大拨人匆匆赶回办公室，大堂的另一边，另一拨人则是刚刚下班，他们则是准备赶回家的投行组（IBD）分析师。很多人提到华尔街投行（Investment Bank），总是会联想到股票和投资。华尔街大规模的投行，又称为九大领军投行，包括：

高盛

摩根斯坦利

美林证券

摩根大通

德意志银行

巴克莱银行

花旗集团

瑞士银行

瑞士信贷

他们旗下都有负责不同业务的部门。首先，投行核心及最传统的部门是投行组（Investment Banking Division，简称IBD），这是每一个投行的根基，也是最受欢迎的部门。IBD主要负责企业合并收购及为上市公司提供融资的咨询服务。IBD也被分为Product Group（产品组）和Industry Group（产业组）。产品组主要分为合并收购、杠杆融资和重组三大业务，这三个组的分析师必须具备专业的产品知识，也要熟读各个行业交易的信息。而产业组是根据各个行业进行划分，必须熟悉该行业的市场活动。主要的行业划分有Healthcare（医疗），Real Estate（地产），Financial Institutions（金融）等。在某些投行（类如美林证券和摩根大通），Capital Markets Group（资本市场组）是隶属IBD的，有些投行（类如花

旗银行和德意志银行），资本市场组则是剥离出来的。这个分为
Equity Capital Market（股权资本市场）和 Debt Capital Market
（债务资本市场），主要协助投行分析师帮助上市公司进行融资，
制订和调节公司上市的价格和融资的数目，并与买卖方沟通融资的
过程。因为不同类型的公司会使用不同的融资方式，例如通过股权
和债券方式进行融资，所以这两个部门会由资本市场的专业分析师
组成。

第二个最受欢迎的部门则是股票交易专业。Sales & Trading，
简称S&T，也被称为投行的"前线工作者"，主要业务为做股票交
易经纪，收益来源于收取在二级市场交易的佣金。这个部门也被分
为Sales（销售员）和Trader（交易员）。销售员是客户与交易员之
间的桥梁，主要负责与客户沟通并销售公司的投资项目，但不负责
交易。而交易员则代表客户以最好的价钱购买股票，主要任务为执
行交易。

第三个部门为Equity Research（股票研究部门），这个部门相
当于一个投行的图书馆，提供股票市场最及时的资讯和分析。相对
于前两个部门它规模较小，成立不同的行业小组对公司进行研究，

并做出买或卖该股票的建议，而Sales & Trading部门的销售员则会采取研究员的建议给客户提供投资方案。

最后一个要介绍的部门就是Private Wealth Management（私人银行服务），业务是服务高收入、高净值的客户，为他们管理财富，提高投资者的回报。主要与社会上层的精英打交道，并向他们兜售金融产品，打理闲置的基金。

投行每一个部门的作息时间也是各异的。IBD，作为投行最核心的部门，高强度的工作，十分辛苦，每周的工作时间平均为70到90个小时，如果交易多的时候甚至会超过100个小时，凌晨5点还在办公室拼搏的现象不足为奇，果真是"纽约夜未眠"。

而交易员的作息时间则是完全相反，下午六七点就能结束一天的工作，但是天没亮就要坐在办公室前，熟读当天的华尔街日报和股票市场资讯。所以在华尔街凌晨的5点，一个很壮观的景象就是蜂拥而入的股票交易员和蜂拥而出的投行分析师，一个道早安，一个道晚安，不同的部门，不同的作息时间。而这次凌晨"误闯"高盛总部，能一睹华尔街这么一大盛况，不枉此行。

在高盛门口足足等了30分钟。感觉不对头，重新瞄了一眼邮件，才发现把时间看错了，6pm（下午）看成了6am（上午）。真是个大乌龙。跟校友发了封抱歉邮件，回去酒店准备参加一早的项目。当天下午5点30分，参观完摩根大通总部，又匆匆赶回到高盛会见校友。几个月以来，我们彼此不时有邮件、电话来往，见到真人以后更觉亲切。这位校友在高盛的投资管理部门担任副主席一职，1993年毕业于密歇根大学罗斯商学院，从1998年进入高盛工作，一直至今，曾在高盛的芝加哥、香港等办公室工作过。20多年来，无论在哪里，一有时间必回母校探访，并一直置身于帮助更多的校友在金融行业求职，着实不容易。

"每一封校友的邮件我都会回复，而且是以尽可能最快的速度回复。"他说道，蓝眸中透着盈盈光泽，眼里满是作为密歇根人的骄傲。

参观了那么多投行，在高盛全球总部，看到了曼哈顿最好的view（视野）之一，窗外的哈德逊河，楼下的纽约金融区，一旁的世贸中心。一眼望去这个大堂——这是一种丝毫不见铜臭味的奢华格调。在校友的带领下，参观了高盛的几个部门，包括了股票交易以及投资管理。高盛的办公条件的确一流。从里面的会议厅望下去，那是一种高空俯瞰的感觉，有一种征服感。下面曼哈顿的灯火，就如一片黑暗中多了点点光亮闪耀，像是散落在漆黑沙滩上的熠熠宝石，此情此景，用"迷人"两字形容却是单薄无力。这一整座楼，宏观中带着一点清净，雅致甚至返璞归真。奢华而不外露，一景一物，来来去去的投行家们，西装革履，人与景相辅相成，从玻璃到地板，精心的设计，达到如此完美效果。

第三章
曼哈顿的"骑墙相望"

以学生身份体验华尔街
以观察家身份透视华尔街

　　时光回到2015年春天，我在佛罗里达高中的最后一年，正面临着严峻的大学选择。

　　美国大学申请就是一场南征北战。面对着十数间大学的考题，少则数十字，多则数百字的申请作文，押韵式的自我推荐，发刁球式的频频面试，都是一道道的关隘。从一年前的着手开始准备，历时半年的沙场征战，这是一场漫长、永不歇停的思维和毅力考核，每一篇四五百字的作文，至少需要重写3遍，修改几十次，方可竣工。皇天终不负有心人，这场征战终于在收到密歇根大学安娜堡以及其他数间藤校和文理学院的录取通知书中落下帷幕。

经过与老师、朋友、学长们和家人的多方咨询、商量后，特别考虑到心仪的专业及广阔的校友资源，最终敲定了密歇根大学安娜堡，选择密大安娜堡很大的原因是从小立志商科，全美只有13所高校提供本科商学院学位，而大部分只提供经济学、偏理论性的课程。在这13所高校中，密歇根大学罗斯商学院的BBA（Bachelor of Business Administration；工商管理学学士）课程在全美历年稳坐前三。

密歇根大学，美国著名的研究型公立大学，位于密歇根州，主校区在安娜堡。1817年建校，建校甚至比密歇根州建立的时间还早。被誉为"公立常春藤"，密歇根大学与加州伯克利大学以及威斯康星大学麦迪逊分校素有"公立大学典范"之称。National Research Council（美国国家研究委员会）对美国各大学研究生院41个学科的评估中，密歇根大学总分排名第三。历年US News世界排名，密歇根大学始终稳居前15名。密歇根大学在美国教育界有着非常高的地位。肯尼迪总统更是在演讲中谦称自己的母校哈佛大学为"东部的密歇根大学"。在二战前，密歇根大学引导了美国高校教育方式的改革，把欧式的传统古典教育和现代教育理念相结合，吸纳英、法、德的教育系统并结合美国教育系统的实际，在四五十年代大获成功。后被哈佛大学、耶鲁大学等常春藤大学纷纷效仿，从另外一个意义上说，正是密歇根大学的教育改革让美国的教育界领先于世界。

密歇根大学罗斯商学院外景，图来自罗斯商学院官网。

在中国，高考的重要性众所皆知，鲤鱼跳龙门，一考定终生。众多父母以为只要孩子考上了名牌大学，从此将伴随一个开挂的人生。而美国，即使考上了心仪的藤校，也只是万里长征的第一步，从迈入大学校门的那天起，一切从零开始。密大第一节课上，一位任教了40年的教授就提出了"Making the Most out of College"（充分利用大学时光）的重要性：大学不是人生的终点，而是开启另一个起点的平台。进入名校不是为了一个可以有面子的排名，而是为了能有一个高质量的平台；为了丰富的校友资源及多样化的专业课程。我非常认同麻省理工学院中国总面试官蒋佩蓉的一句话："如果你想要通过哈佛来实现梦想，它可能会帮到你；但如果你的梦想就是哈佛，那么对不起，哈佛可能不会要你，因为你的梦还不够大。"

美国大学生要做的是如何在一瞬即逝的四年里最大效益地利用大学所提供的资源，在大学"这条河里"学会游泳，就如我的职业导师所强调，"A good college is just foot in the door."（好的大学只是门槛的第一步）工作需要自己寻找，校友邮件需要自己发，社交需要不间断地联系，电话需要不停地沟通——求职的每一步，都需要留下一个又一个的印记，留下一个又一个的挫折积累。

华尔街面试的时候，除了硬件要求和专业知识，能区别求职者的就是他们的文化知识积累的宽厚与轻薄，这些都会一一在面试中被观察和判断出来。而这些积累，来自学生个人的修行。大学里学到的知识，唯有亲自钻研、实践，才能化为己有，扩展思路、举一反三才是王道。所以华尔街不需要一个只会照搬他人知识、纸上谈兵的投行家，面试官考察的是学生全部的见识及思维的深度。

对于求职者来说，所读的学校就是学生身上重要的品牌之一。好的学校和较强的专业能在简历上提升学生的信誉度，如果学校是投行和企业的重点招聘学校（Target School）之一，是能够减低简历在第一轮面试就石沉大海的几率，提升学生获得面试的机会——使其之后的求职之路变得比较平坦。罗斯商学院被誉为是世界上最热门的MBA人才狩猎场之一，每年有300~400家著名企业到此激烈争夺毕业生。他们一年带来的面试可超过9000次，其中不乏著名的咨询公司、投资银行、美国"财富500强"企业、欧洲跨国公司，等等。值得一提的是，罗斯商学院也是高科技公司重点青睐的院校之一，例如Apple（苹果）、Google（谷歌）、Amazon（亚马逊）、Dell（戴尔）、Intel（英特尔）等，而每一间公司每年只在100所高校中招聘100个美国大学在校生为实习生。

ACCEPTANCES BY INDUSTRY

DETAILED COMPENSATION INFORMATION *(79% of accepted offers included usable industry salary data)*

INDUSTRY	% OF REPORTED	MEDIAN BASE SALARY (ANNUALIZED)	MEAN BASE SALARY (ANNUALIZED)	BASE SALARY RANGE (ANNUALIZED)
Consulting	18.2%	$75,000	$72,813	$45,000-$90,000
Consumer Packaged Goods	6.7%	$65,000	$64,220	$55,000-$72,000
Education/Government/Non-Profit	1.5%	$41,500	$44,500	$30,000-$65,000
Financial Services	40.9%	$85,000	$80,012	$36,400-$120,000
Healthcare	3.0%	$58,000	$59,611	$45,000-$65,000
Manufacturing	3.5%	$61,000	$65,777	$52,500-$72,500
Media/Entertainment/Sports	3.7%	$47,500	$47,357	$35,000-$55,000
Public Accounting	5.2%	$64,500	$65,455	$57,000-$78,000
Real Estate	2.2%	$65,000	$65,000	$55,000-$75,000
Retail	2.2%	$57,000	$59,500	$50,000-$86,000
Technology	13.7%	$67,500	$70,098	$38,000-$120,000
Other	1.0%	$60,000	$64,333	$58,000-$75,000

以上为罗斯商学院毕业率及职业趋势分解图表（2018）：罗斯商学院2018应届毕业生中高达98%的学生在毕业3个月内找到一份薪资不菲的全职。就职行业包括：金融、投行和营销，等等。他们的平均年薪则为72,000美元。图表来源：罗斯商学院官网。

美国大学是开放而自由的。这种开放包括了学生可以任意选修自己感兴趣的课程，制订课程时间以及更换专业。而所谓的"自由"则包含每个学生想以一种什么样的生活方式度过四年的大学生涯：有人喝酒爬梯从天昏到地暗，进入大学时的雄心大志早已抛诸脑后；有人一边兼顾着学业，一边打着数份零工，非常高效率分配着有限的时间；有人从大一开始就有计划地为大三的求职做好铺垫，力求打造最完美的简历；有人则选择一条比尔·盖茨道路，在大学期间开始创业。诸如种种选择，无对错之分，无主客之别。如果说大学一开始大家都在同一条起跑线的话，那么在四年后的大学毕业典礼上，每个人的目的地各异，他们的认知和思维就已呈现出距离感，因为四年里做的每一个决定，都会潜移默化地影响着人与人之间的距离以及未来的走向。

第四章
时间安排，内心培育，预埋伏笔

高效率时间安排，强大内心培育
预埋了成功的伏笔

　　每年暑假回国，与亲朋好友相聚、回母校看望老师、在电梯上偶遇熟人，每每遭到一个高频率的提问："美国读书很轻松吧？"

　　美国大学，懂得合理分配时间的人，才是笑到最后的人。不同于中国"从娃娃抓起，不能输在起跑线上"的教育理念，美国教育极其强调每一个小孩都该拥有属于自己的童年，不主张过早地开发他们的脑力。从各种游戏到迪士尼再到夏令营，美国从幼儿园到小学再到初中的确都是玩着玩着过来的。但是这种轻松，从高中开始就慢慢地转化为高强度的学习和繁重的学业。在佛罗里达州杰克逊维尔（Jasonville，Florida）入读的Stanton College Preparatory School（斯坦顿预科高中）曾被《华盛顿日报》多次评为全美课业最为繁重排名第七的高中，在校学生要兼顾AP（Advanced Placement）和 IB（International Baccalaureate）课程，两者均为大学的预科课程，就是说从高一就要开始修读大学课程，积累大学学分。进入大学后会给予学生学分减免，从而缩短学生的大学修读时间和费用。IB文凭，被称为最具含金量的大学预科文凭，被世界大多数高校所认可，拿着该文凭的学生在世界任何地方升学，都是无往不利的。AP课程也相当于美国大学课程水平，比普通高中水平更深入、难度更大，让高中学生提前修读大学课程，以换取相应的美国大学学分。我最紧张的一个学期，竟修读超过10门AP 和IB课程，也是从那时开始我学会熬夜，学习到凌晨3点。我家离学校有大概40分钟的车程，印象最深的是，每每一坐上清晨的校巴就会沉沉入睡，早上的闹钟也经常被设为"7点31分"或者"7点32分"，多一分钟的睡眠时间也是异常珍贵。回想起来，比起高中四年的艰苦，大学课程甚至到后面华尔街实习的压力并不算什么。

至今回想起来，很是感谢高中时的艰辛付出。跨入大学校门之际手里已握有了54个学分。美国大学是以学分制为主，学分修够即可毕业。比如密大的文理学院、教育学院等要求120总学分，按照我已有的54个学分可以提早一年到一年半毕业。但是罗斯商学院作为密大最严谨的学院之一，无论学分多少，必须读满四年。在美国，高中和大学就是一个高强度训练营，"易进难出"，四年后走出来的"产物"必是拥有高效率时间安排及强大内心的"人上人"。这一种训练使我及早学会如何高效率地合理分配时间，也把它用到后面的暑假实习。

大二暑假，我在纽约第五大道的一家精品投行实习。

说到精品投行，它被称为华尔街的后起之秀。美国金融业一般把投资银行按照规模分为三类：大型（Bulge Bracket），中型（Middle Market）和小型（Boutique）。而Boutique指的就是小型精品投行。精品投行系相对传统大投行而言，规模较小，业务更有针对性的投资银行。主要业务为帮助企业融资、上市、重组、合并和收购。精品投行的小主要体现在三个方面：公司规模相对于综合性投行而言较小，员工人数通常在十几人至几十人之间；业务范围小，通常是以上市前的投行业务为核心；关注的行业少，只在几个特定行业中深耕，所谓"技以专而精"，形成了自己的特色。例如曾经面试过的Raine Group投行，就只是负责TMT（科技、媒体和电信行业）的业务。其实精品投行存在的时间很早。专注于财务顾问和资产管理业务的拉扎德公司（Lazard）历史可以追溯到1848年。而格林希尔（Greenhill）和艾维克（Evercore）等精品投行也成立于2000年以前。但是从2008年的金融危机开始，它们真正崛起，成为大投行的威胁。2008年金融海啸的爆发让大投行的声誉一落千丈。高盛等投资银行饱受客户质疑并遭遇索赔。著名的雷曼兄弟也难逃破产命运。所以一群在大投行中积累了丰富经验后，自立门户的精品投行横空出世，成为了主要交易的幕后操刀之手。精品投行不仅从大投行挖走顶级人才，还在擅长的领域起到了大投行难以企及的作用。据Dealogic（迪罗基全球数据处理公司）的数据统计，2016年1月至8月，美国并购市场前20投行中，精品投行占比近半，Evercore排名超过了德意志银行跃居第7，Lazard保持前10，其他精品投行也正在不断侵蚀JP摩根、高盛、摩根斯坦利、美林、巴克莱等大型投行的市场。

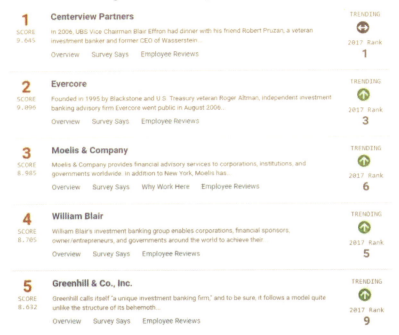

2018 Best Banking Firms for Compensation

1 — **Centerview Partners**
SCORE 9.645
In 2006, UBS Vice Chairman Blair Effron had dinner with his friend Robert Pruzan, a veteran investment banker and former CEO of Wasserstein...
Overview Survey Says Employee Reviews
TRENDING
2017 Rank
1

2 — **Evercore**
SCORE 9.096
Founded in 1995 by Blackstone and U.S. Treasury veteran Roger Altman, independent investment banking advisory firm Evercore went public in August 2006...
Overview Survey Says Employee Reviews
TRENDING
2017 Rank
3

3 — **Moelis & Company**
SCORE 8.985
Moelis & Company provides financial advisory services to corporations, institutions, and governments worldwide. In addition to New York, Moelis has...
Overview Survey Says Why Work Here Employee Reviews
TRENDING
2017 Rank
6

4 — **William Blair**
SCORE 8.705
William Blair's investment banking group enables corporations, financial sponsors, owner/entrepreneurs, and governments around the world to achieve their...
Overview Survey Says Employee Reviews
TRENDING
2017 Rank
5

5 — **Greenhill & Co., Inc.**
SCORE 8.632
Greenhill calls itself "a unique investment banking firm," and to be sure, it follows a model quite unlike the structure of its behemoth...
Overview Survey Says Employee Reviews
TRENDING
2017 Rank
9

2018新公布的薪酬最高的投行，前5无一例外是精品投行。巨额的工资、专注的投行业务，亦是中小型独立精品投行的特色。图片来源：Vavit Ranking 2018排名。

大三就是求职主季，大二暑假要兼顾一边实习一边求职的重任，厉兵秣马。大二实习的时候寄住在纽约舅公家，那里位于曼哈顿隔壁的斯坦顿岛（Staten Island）。从岛上到达曼哈顿的交通极其烦琐：首先步行到火车站，坐5个站火车才到码头，再坐轮渡到曼哈顿，到了曼城以后转乘地铁到公司附近，海陆齐全一波三折。每天花在交通上的时间至少3个小时，天没亮就要出门了，夜晚回家是披星戴月。幸好实习的时候是暑假。最可怕的是纽约的冬天，上班族5点起床，外面的铲雪机还没开始工作，深一脚浅一脚地踏着积雪到火车站，深深感叹纽约人生活的不易。

斯坦顿岛轮渡（Staten Island Ferry）也是纽约有名的旅游打卡点。作为连接曼哈顿与斯坦顿岛的公共交通工具，一般在曼哈顿下城的炮台公园（华尔街附近）免费搭乘，方便了在斯坦顿岛居住但在曼哈顿工作的人。因其路径行经纽约自由女神像附近，游客也喜欢搭乘借以欣赏曼哈顿下城的天际线。所以船上一般分为两种人：一半是上班族，而另一半则是探访自由女神像的游客。特别是在工作日的早晨，因为华尔街就离游船码头几个街口，上班族在轮渡靠岸的时候，行色匆匆鱼贯而出，很多女职员踩着高跟鞋，作小跑式跑向办公室。大二实习期间也算是有幸欣赏到纽约上班文化的一大特色。这种紧张急迫的影像，一直叠加重复在我的脑海里。

摄于2017年大二暑假实习，斯坦顿轮渡靠岸，船对面即是曼哈顿城天际。

2017年暑假实习，中午有1小时午餐时间，一天下来也只有这个宝贵的时间段可以把重点放在求职上。公司在纽约中城的中央火车站旁（Grand Central Station），那里有一家纽约小有名气的中餐小吃店。在店里匆匆忙忙买一碗挚爱的羊肉面，就跑到旁边中城的布莱恩露天公园（Bryant Park），坐在长凳上一边吃面一边跟各个投行的校友发邮件或是完成投行的申请。布莱恩公园的另一边，就是美林证券纽约的办公楼，大气而辉煌，庄严而肃穆。有时会一不小心出了神，痴痴地望向穿梭大堂中来来往往的美林投行家们。他们大都一袭深色修身的西装外套，自带金融家独有的干练沉静。暗想有一天要能成为他们中的一员，就心满意足了，没想到在一年后的暑假终于梦想成真。在美林实习期间，每次出去买午餐时看向布莱恩公园，心中既有辛酸又甜蜜的回忆，也有掩不住的自豪和满

摄于2017年暑假实习，纽约中央火车站是上下班必经地。参照着法国巴黎歌剧院，作为"一件华贵的建筑，曼哈顿中城最重要的一部分，及工程上一个天才般的杰作"。自100年前建设以来，每日500个班次和约50万人的进出。就算每次路过，也不得不感叹它的繁忙、华丽和代表着火车出行的黄金时代。

足。我不禁想起德国作家玛丽-路易斯·范德莱恩《华丽家族》中的一句话："只有经历过地狱般洗练，才拥有造天堂的力量。"感谢那段折腾的岁月，赋予我的不是空欢喜。

虽然生长在中国南方，可是不知从何时起开始养成了北方口味，辛辣浓重，常常自称"无辣不欢"。那时候坐在长凳上，只给自己15分钟吃饭时间，即便如此，那热气腾腾的羊肉面香辣的味道到现在还印象深刻，弹口的面条在香气中穿梭，舌尖上的味觉神经也被触动着。每次回去纽约，也一定旧地重游，尝尝拼搏岁月的那碗羊肉面。外公常说味蕾是最骗不了人的，那碗面仿佛没有了当初的味道，但就如一坛酿成的老酒，"醉翁之意不在酒"，吃的就是那独特的回忆。时光荏苒，看过再多的公园美景，吃过各个种类的面，也不敢当年在布莱恩公园的那碗面好吃。喝上那几口羊肉面汤，再嚼上极有弹性的面条。唇齿留香，回味无穷，再现了那年暑假公园长凳上争分夺秒拼搏的情景。

2017年大二暑假，实习期间算是彻底体验了何为早出晚归。印象深刻的是上下班都会看到自由女神像，常常会站在船尾欣赏纽约的落日余晖，夕阳西下，倦鸟归巢的光景，望着远处繁华的曼哈顿

摄于2017年暑假，布莱恩公园捉影。这里也是纽约中城上班一族最爱的歇息地之一，也记录了我大二求职期间的艰辛历程。

渐渐消失在天际。薄暮余晖洒向自由女神像，似乎在激励我：熬过这一段时间就好了。此情此景，毕生难忘。我常笑称自由女神也见证了我12周的求职和实习岁月。

大二实习一般6点钟就可以下班，下了班马上要赶到其他投行参加招聘活动。踏着高跟鞋，游走在校友们、求职者们中，一问一答，往往就是三四个小时。离开的时候可以说是筋疲力尽了。从斯坦顿岛到曼哈顿如果不那么折腾的话可以选择巴士，但巴士也要一个半小时。一天下来，9个小时的实习，外加应聘活动所消耗的体力、脑力，实在太过高强度了。虽然每一次都会在心里说要利用这路上时间，默默思考求职面试可能会遇到的问题，但人总是在不知不觉中昏昏入睡。不论时间多晚，巴士上总是人满为患，摩肩接踵，几乎没有一次是有空位的。所以每一晚的这一个半小时车程都是在站着打盹中度过。

大二实习结束了，回到学校，以为"苦日子"终于熬到了尽头，却天违人愿。著名的"凌晨四点半的哈佛"我没见过，但凌晨5点的密大我倒是常常体验。期末考试、演讲报告、小组会议，在图书馆一坐就是几十个小时，大学四年，图书馆完全称得上我的第二个家。

美国高校的藏书极其惊人。比如密歇根大学一共有37个图书馆，藏书共有830万册，涵盖面极广，以每年17万册的速度增加。校长曾骄傲地说："这些藏书如果背靠背连起来，会有数英里之长。我心里一直暗暗设想，天堂应该就是图书馆的模样。"

美国大学，图书馆不仅仅是储藏书的圣地，也是一种生活方式，更是人文精神的摇篮。行走在世界闻名的密大大学图书馆间，就像欣赏一件件的艺术品。在37个图书馆之中，密大的法学院图书馆是亮点之一。玻璃吊顶，古朴的刻画，中世纪的风格，使它在2011年斩获了全美优秀设计奖。《哈利·波特》原本是要在这里拍摄，据说法学院的学生不同意，后来才选取了牛津大学图书馆作为取景地。Shapiro Library（简称Ugli），密大的本科图书馆，位于商学院的旁边，也是我最常去的图书馆，印象深刻的是每到凌晨时候，极其热闹。经常听见同学说，"凌晨学习？不是事儿，很正常，Ugli图书馆走起！"这种氛围，对学生潜滋暗长的熏陶，那能量是难以估量的。他们的学习态度就是："Work hard, play hard.（努力工作，痛快地玩）"去健身，去社交，回家换个衣服，接着上图书馆学习到天亮是很常见的事。Final week（期末周），是美国大学生永远的痛。记得美林证券的面试，就在金融课期中考试的前一天。因为面试是要飞去纽约的总部，一早6点乘飞机到纽约，晚上坐最晚的一班机赶回安娜堡。去的时候在飞机上准备面试，回来的时候复习第二天一早的考试，那48小时的压力、紧张，现在想起来都心有余悸。

　　我在17岁的暑假曾任职新东方SAT阅读老师，其间也参加过不

密歇根大学法学院图书馆内景。图片来源：密歇根大学官网。

2016年秋季，于密大法学院大门外。

少美国大学的讲座。当年曾给所有在外留学或是计划申请美国大学的国内学生的首要建议就是：一定要明确自己申请美国大学的目的到底是什么？是父母之意？自身的锻炼？还是为日后高薪工作寻找垫脚石？在我看来，这些理由都无可非议，但也只是冰山一角。

西点军校的一次毕业典礼上，有学者对美国大学提出质疑，他们认为常春藤及其他美国高校的学生不善于思考，只是仅仅沉迷于制造精美履历，将所有精力放在比尔·盖茨模式上。这也是为什么越来越多的留学生和美国本地学生会选择商科，他们梦想在25岁之前，能够挣到人生第一笔百万钞票。一所大学的品牌的确是获得高薪的捷径之一，但是四年的"熬""耗"，仅仅为了一份工作录取通知书，不免有点遗憾。文化的积累、阅读的沉淀以及自身的修为，这三点，才是值得以四年时间为之"熬""耗"的最终目的。除专业知识以外，对其他领域的认知、课间讨论时的思维撞碰、对事物的思考以及严格的自我约束能力，这才是在美国大学得到的取之不尽、用之不竭的最好收获。每一场的投行面试中，文化浸润的厚重多寡，都会助力求职者脱颖而出，选材中的元素，构想中的逻辑，视角的转换，关键词的确定，很取决于求职者本身的软实力。

第五章
校友情结：精神纽带

高盛3小时对话

密歇根大学属于学术型综合大学，在学术research（研究）方面的能力有着很高的要求。学术包容性也很强。在课堂上也有不少跨专业的项目要完成。专业选择很多，它的工程、商科等专业都在全美排名前5。密歇根大学的Ross School of Business（罗斯商学院），更是被校内的同学称为高贵冷艳范。第一次参观罗斯商学院的人总会联想到"豪"，罗斯商学院就是这么豪，当然这跟密大毕业生Stephen Ross的豪气解囊分不开。Ross先生于2013年捐赠了

2个亿给密大，此项捐赠创造了史上个人的最高捐款纪录。讲到校友捐赠，密歇根大学的总资产为84亿，相当于巴哈马国家一年的GDP，其中9.6亿的资产来源于其校友的捐赠，著名的校友包括：

丁肇中、斯坦利·科恩、杰尔姆·卡尔、马歇尔·沃伦·尼伦伯格等22位诺贝尔奖得主，国际流行乐巨星麦当娜、著名游泳运动员菲尔普斯、美国前总统杰拉德·福特、华谊兄弟的创始人王中军、南非前总统曼德拉、著名记者华莱士、讯息理论与数位电路之父克劳德·香农、美林证券的创始人查尔斯·美林、谷歌创始人拉里·佩奇等。

"校友关联价值""校友叠加价值"，这是密大品牌的要义精魂，是密大的定海神针。密歇根大学在美国大学中校友资源最为丰富并排名第一，约有525000位在世校友，60%毕业后都在大城市，包括纽约、芝加哥和洛杉矶等地就职。在底特律机场、安娜堡的酒吧、美国其他的城市，都会经常看到穿着密歇根大学的黄蓝带M标志的T恤的校友。有一次在酒吧遇到一对夫妇，毕业快40年了，每场密大的球赛必到，风雨不改，为母校打气。他们还跟我们细叙他们的儿女毕业于密大，孙子现在是密大的大一学生，正在高中的孙女也正在着手准备申请密大，传承家族中的母校精神。

密歇根大学最著名的Michigan Stadium（密歇根体育场），是世界上最大的校园球场。建于1927年，曾经历过多次扩建，可容纳10万人。皇马和曼联是这个球场的常客，进行过难以统计的比赛。这里也是密歇根大学每年的毕业典礼举办地。

多场橄榄球赛以外，密歇根体育场还是一年一度的毕业典礼举办地。从学生荣升为校友。无数的校友，即使毕业多年，对学校的热爱还是一如既往，薪尽火传。求职一路来遇到过的每一位校友的倾力相助，也深感自己作为密大人的责任和骄傲。

每年的橄榄球比赛，都是密大校友和粉丝的喜庆日子。很多校友家庭扶老携幼地来看球赛，甚至有牙牙学语的孙儿孙女穿上密大的童装衬衫，喊着"Go Blue"（密大的口号）。两年前暑假我在日本旅游，在富士山下居然看到了密大校友，彼此笑着大喊一声Go Blue。他们在密歇根大学毕业后的经历尽管各不相同，但对学校的热爱，并没有因为离校而减少。离开安娜堡这座小城时都会依依不舍，就如一密大即将毕业的学长所感叹："带走的，我都装在了心里；带不走的，就留在了安娜堡的风里雪里了。舍不得这座城市和这四年好日子。"看到这些校友毕业多年后对学校的热爱一如既往，总是被感动着。

从求职者的观点来看，校友情结及他们对学校的热爱，是求职时候最有利的资源。每次发邮件给校友时，一看到我的邮箱后缀是密大的格式（umich.edu），就会让他们有一种亲切感，回复也是神速，甚至每次回信还会以Go Blue作开头。这种校友情结滚动式地衍生延长，致令华尔街投行的录取率，也会随着每个大学校友每年的在职率进行调整。所以校友的价值在求职过程中是十分珍贵的。

少数美国大学商学院每年会组织校友交流项目，让在各个投行

　　摄于2015年大一初入学的秋季，很荣幸能在密歇根大学体育场观看人生第一场橄榄球赛。可容纳10万人的Big House，是西半球最大的球场，也是世界第四大球场。

任职的校友与在校学生相互认识并保持联系，希望在校学生今后的求职过程会更加顺畅。大二的春假，我申请了罗斯商学院的纽约交流项目。被录取以后，与其他19个学生，到纽约参观最大的10个投行、私募基金公司及谷歌，并与在职校友进行交流，分享求职建议和流程。

我大一暑假就立志要在华尔街投行开始大学毕业后的第一份工作，并从大一就开始联系各个投行的校友。从第一封邮件到后面数

摄于2017年春假校友交流项目：参访过10间投行，科技企业和私募基金公司。其中，两张照片乃纽约摩根士丹利投行大楼大堂与谷歌纽约公司内部。

次的电话通话，我在纽约进入到每一个投行，已经有很多校友可以叫出我的名字。这就是提早做Networking（社交）的重要性。当时的项目是早上8点到晚上5点，一天下来要参加3~4个投行，并与校友约见，记住他们每一个人的名字、任职的部门以及个人信息，还要随时眼观八方，保持热情。从曼哈顿下城走到中城，又匆匆赶到上城的公司，每一天都是一种充盈思维和体力的考验。也是这几年来的磨炼，让自己从一开始不善提问时的冷冽，转变到后来的侃侃而谈，言语轻快，瞳眸含光，动人地讲述着自己的经历。这种转变也是静水深流徐缓而行的气质凝练。让我能进入那种不动声色，但内

摄于2017年春假，纽约交流期间，于曼哈顿最南端的炮台公园，高盛大楼前，后面是著名的哈德逊河。

心广阔富丽、怀纳百川的境界，醉了听者，也醉了周遭。

项目开始的第二天，我约了高盛的校友见面。这是一位大一时就开始保持联系的校友，因为他知道我春假会在纽约，遂邀请我见面并顺道参观高盛的办公室。能够参观高盛纽约总部的办公室，这并不是每一个20岁学生都能有的机会。或是儿时对华尔街的憧憬让我兴奋过头了，结果看错了邮件，以为是早上见面。特地提前预约车，从曼哈顿中城的酒店赶到位于下城的高盛总部。

这就发生了本书开头所述凌晨5时踟蹰华尔街，误入高盛的故事，以及生发华尔街的黎明从不静悄悄的感慨。

纽约曼哈顿的南端金融区就是高盛的全球总部，位于哈德逊河旁边，一河之隔的新泽西州泽西市也有一栋办公楼，两处共有上万员工。为了方便两楼之间的往来，高盛有两艘专用渡轮，在河上来回接驳员工，或是参加面试的求职者。步入总部的大堂，大理石的地板，白色橡木装饰的内墙和抽象壁画，风格简洁而雅致。高盛总部有6个交易大厅，每个面积都比足球场大。整整两层的开放式办公区域，有着各种客户会议室。一楼的电梯会通往11楼的sky lobby（空中广场）。从这里连接到各个楼层的办公室。这是一个带天窗的空中大堂，员工们可以在这里一边欣赏曼城的风景，一边喝咖啡、聊天。透明的玻璃反射着人与景相互叠映。细耳一听，市场和经济更是谈之不尽的经久话题。空中大堂中的对话虽纯属自由聊天，但也不乏思维的碰撞，落点在那思维的多空纠缠、咬合会通上。从空中广场沿着螺旋式楼梯走下一层，就是健身中心。从这里可以俯瞰哈德逊河。另外一边是高盛的饭堂。高盛每个星期都举办

摄于2018年暑假，到高盛办公楼门外公园、哈德逊河边赏日落一景。

超过70个健身班，还会赞助篮球、台球等活动。校友说，他参加了公司赞助的太极拳俱乐部。此外，办公大楼里还有理疗中心和医务中心，为高盛的员工服务。

参观完高盛大楼以后，在校友的办公桌上看到了很多镶有密大标志的橄榄球模型，墙上有密大的旗帜和嵌有他的毕业照片。我们悠闲地倾谈了3个小时，一边听他回忆他90年代在密大商学院的情况，一边体会着他介绍的高盛投资管理部门的各个组别和他们负责的业务，还有如何准备大三暑假实习申请。临分别时，该校友还坚持送我到附近的地铁站，并送了一个自由女神像的雕塑作为第一次的见面礼。

求职这一路走来，不仅扩大了自己在纽约的人际关系网，结识了在各个投行工作的校友们，更从中认识了不少投缘的前辈及人生导师。就如这位在高盛投资管理部门工作的校友，后来因为个人兴趣的原因没有选择申请他所在的部门，但不妨碍我们成了很好的朋友，去纽约的时候还是会一起约饭、喝咖啡，分享最新的信息，以及密大的新闻。求职的成败很大程度上取决于人脉。"It is not about what you know, it is about whom you know."（成功不一定取决于你的知识，更多的是你的人脉。）要想在北美地区找到金融相关的工作，海投简历的成功率只有15%，而85%的成功率都取决于内推和社交，而已经身处职场并具备面试实战经历的校友们才是关键。这也再次说明了networking（社交）的重要性。

很多求职者往往把社交和与校友交流作为一种任务，或者带有纯粹功利性目的，过于急功近利反而会产生反效果。Networking，无异于交朋友，善于倾听，愉快聊天，是关键词。如果能够把纯粹求职目的的社交转变为结交朋友的经历，在我看来，不仅使求职过程轻松化自由化，也是提高情商的必备能力，更是人际关系的一种升华。

第六章
挫败、困惑，是成功的阿基米德基点

　　语言的困境，文化融入的挫折和课堂发言的历练，就如一笔一画，填满了这漫长岁月的白纸。

　　12岁到美国，前半年的时间，是一种不可避免"挫败期"。陌生的环境，隔膜的交流，受阻的语言，都会时时萌生出一种困惑、孤寂和无助，是一份蹒跚的足迹。永远不会忘记在美第一节课堂上的困扰，语言的不通，除一句"Sorry, can you repeat again?"（抱歉，您能再重复一遍吗？），听不懂老师在说什么，也不知道该如何表达自己的无奈。在佛罗里达上初一时，我是学校里唯一的亚裔学生。可想而知，差异化的文化背景，使我无法融入主流文化和本地的圈层。只能说，初一整学年都是在烦人、困扰和痛苦中度过的。庆幸的是12岁离语言黄金期的结束，还有一段距离，还算"有救"。

家人翻出了多年前我在美国读初中和高中时候的笔记，上面布满了密密麻麻的中文。这是因为从刚开始去美国的时候养成了这样一个习惯：遇到不懂的英文单词会立刻查字典，当时用的还是快译通，一个个字母慢慢敲上去，然后把中文意思手写下来，因为手

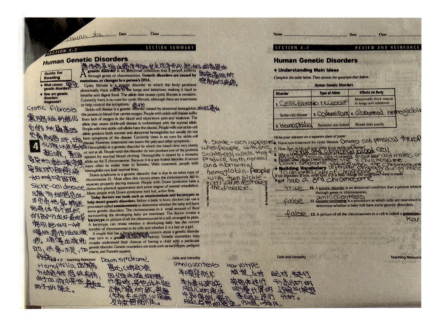

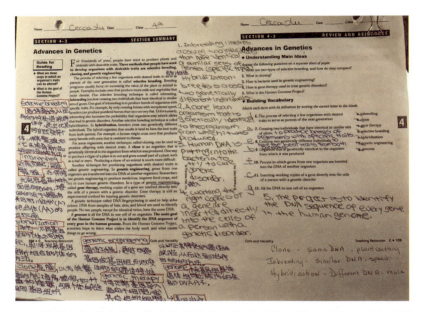

2009年初到美国，初中笔记截图。弥足珍贵，保存至今，10年后再看，五味杂陈，密密麻麻的中文笔记，纪念着那些年的"熬，耗，闯"。

写会加深大脑对该单词的印象。翻译完以后还要把所有单词组合起来，弄懂整个句子的意思和理解整篇文章的主旨。这整个过程极其冗长乏味。以至于别人花两小时完成的作业，我需要花双倍的时间去完成。一份作业重写了四五次，方可竣事。但也是这个机械性的学习方法让我在最短的时间内扩展了我的词汇量及提高英文能力。

一次偶然，高中英文老师无意中看到布满中文的笔记，甚是惊讶，还特地让我复印那一章的笔记，送给他保存。

毕业之际，每一位老师都会在毕业册上写下评语，这位英文老师写的评语是："你是我见过最勤奋的学生之一，以后非池中之物。"烦恼、喜悦、苦累、快乐相伴，很是享受老师的鞭策和激励。这一路走来，每一次的"多付出一点点"，就是值得的。而每一个"一点点"都会有额外的收获，每一个"一点点"叠加起来，就会进入不一样的境界。

在"熬，耗，闯"下，终于闯过了语言关。一枝幼藤总算找到了依持的所在，这考验的第一关，难以幸免，意义非凡。

12岁前在国内历经六年小学教育，其中一个特点就是背诵，从课文到好词好句到名人名言，考验的是学生对课本的熟悉以及知识记忆能力。另一个特点就是对于学生来说，沉默是美德。12岁后，在美国课堂上经历过最大的文化冲击就是课堂的模式不同。刚来美国时，在课堂上仔细聆听老师提出的每一个观点，做最详细的笔记，也是最安静的学生。

慢慢发现，在美国课堂，老师跟学生是建立在一种平等关系之上，无师生之序，无正误之分，无主客之别。有时候他是老师，有时候我是老师。不同于中国的单向授课模式，学生举手提问，提出自己的观点甚至是反驳老师、教授的观点，是被极力鼓励的。从激烈讨论中能够导引学生思维的碰撞，从而提高他们的逻辑思维及辩解能力。因此，美国很多老师更喜欢把class（上课）称为discussion（讨论），一种双向或多向教学模式：老师的角色更倾向于课堂讨论的"促进者"，而不仅仅是传授者。学生的举手率，也会直系影响到他们的总成绩。不夸张地说，美国一节课上所见的举手率相当于在中国课堂上一年的举手率。这就是中美教育最大的不同。这种思维模式的转换，对于初到美国时候的我来说，具有脱胎换骨的意味。

对此，我并不满足于仅仅在语言上对课材的理解，更着重于思维的铸造锤炼。最初的时候，为了能够积极参与讨论，我会把要说的话题写出初稿或打个腹稿，并默记下来；再在课堂讨论中"背诵"出来。从初中到高中最大的递进，就是临场发挥。随时在脑中组织初稿。刚开始我以为是自己英文水平还不够的问题。后来反问自己，"如果用中文讨论，我会积极地参与讨论吗？"答案是不会，原因不是我的英文基础不够，更多的是缺乏清晰的逻辑思维，缺乏随着话题的转变而提出相应的观点时所具备的临场反应能力。美国教育则是更强调语言与思维能力的同时并进。

这种对思维的强调在写论文方面更体现得淋漓尽致。国内小学的时候，总会被鼓励背诵好词好句，优化文笔，用于为作文加分。而我也在美国课堂上理所当然地用好词好句润色论文。印象深刻的是高中一年级上交的论文，题目围绕莎士比亚的名著《罗密欧与朱丽叶》一作：

Explore the internal and external conflict that Romeo and Juliet experience during each act of the play（描述一下罗密欧与朱丽叶这两个角色在戏剧中每一幕的内部和外部角色矛盾）。

出乎意料的是，我在这关键的第一次论文中，获得一个令人非常沮丧的成绩。拿回论文的那一刻，一整篇作文被一大片的红色线给覆盖掉。再细看，所有我自以为加分的好词好句，全部被英语老师划掉。在文末，他是这样评论的："好的作文应是实在的，不需要任何虚无的装饰，不需要华丽的包装。我要看到的不是华而不实的包装，而是你自己的思考，直接而简洁的那种。"顿时豁然开朗，从那时起，把所谓的好词好句抛诸脑后，专注于简洁的表达，因为只有自己的思考，才是写出优秀论文的王道。

自己算是同龄人中较早出国接受美国教育的。每年暑假回国，很多人会问我如何学习英文。我的总结是，语言只是第一步，思考其二，能够用地道的语言清楚地表达出自己的思考才是学习英文的最高境界。一旦达到思维上的过关，就会脑洞大开，豁然开朗。现在回想起12岁去美国，到18岁高中毕业，6年的历练，最大的成就不仅仅是适应了全新的环境和克服了中西文化的障碍，也不仅仅是语言上的进步——而是逻辑分析和个人表达思维上的提升，我在高中毕业之际所发的微信朋友圈帖子，也圈点了这个提升：

高中毕业典礼是我6年美国求学之路最好的总结。一开始的不适应，交流的困难及文化的差异都代表了这一路来的挫折重重。但期间，我感受到了美国学术的严谨，也亲身体验了在美读书的辛苦，而全美第七学业最繁重高中颁发的毕业证书就是最大的收获。

我最喜欢的美国诗人Robert Frost曾经说过，"Nothing Gold Can Stay."的确，就如美景一般，再美好的时光和青春也是一瞬易逝的。但飞逝的6年时光给予我的经历和价值观是长存的，数年后再回首，一定别有一番滋味。

在此，感恩我的亲人和好友，I could not have done it without you! Now， time to move on- UM Class of 2019! "

语言的困境，文化融入的挫折和课堂发言的历练，就如一笔一画，填满了这漫长岁月的白纸。也是这一路的磨炼，让我走过的这21年注定不风平浪静。

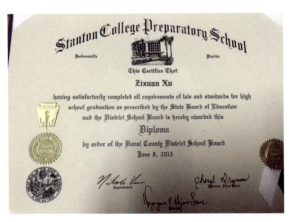

2015年佛州高中毕业典礼照及全美第七学业最繁重高中所颁发的毕业证书。

第七章
每一句话都会影响面试走向

面试：面试官与面试者角色互相转换，互相牵引

　　这种思维教育模式，直接影响到了我在华尔街面试所面对案例题型时候的表现。华尔街最常用的面试形式分为三种。第一是technical questions（技术性问题），目的是考察求职者对行业及市场的理解。第二是behavioral questions（行为性问题），主要观察求职者的性格特征及过去经历是否与职位及投行企业文化相吻合。第三就是case study （案例学习），这是最富挑战性的面试形式，也是前两种形式的混合，主要考察判断求职者的临场反应能力。就

如下棋一般，知己知彼。面试的成功秘诀建立于在最短时间内猜测面试官的性格和对求职者类型的偏好，确定其需求并思考如何应对。

在投行的招聘过程中，第二种行为性问题是重头戏，比重占超过60%以上的问题。就是说一场面试下来，10题有6题以上都是行为性问题，而技术性问题只占少数。这是因为技术性为主的工作，一般由投行的年轻之辈操作，当他们渐渐往更高的职位上爬的时候，软实力才是最被看重的指标。这包括了在一个团队中的领导力及与客户打交道的能力，预示该员工在公司以后的上升空间，说明了面试官对投职者思维、表达、团队协作和文化修养能力尤为看重。

很多人误以为面试官，就如教授在课堂上一样，掌握整个过程的走向及节奏，而面试者则是"被牵着鼻子走"的那个。其实不然，面试中，面试者本人才是最大的控制者，因为自己说的每一句话，会决定整个面试的走向。因此，这是一个面试官与面试者的角色转换，相互平视，互相牵引。

举一个例子，我在2017年9月飞去纽约参加了Raine Group

（雷恩集团）精品投行的终极面试。Raine Group是一家专注于Technology，Media & Telecom（科技，媒体和电信领域的）综合性投行。它管理着两个增长型私募股权基金、两个风险投资基金，以及一个对冲基金，目前的管理资产规模超过25亿美元，在华尔街的影响也是与日俱增。面试中，被问及除了学业以外的兴趣和兼职，我提到了自己在腾讯NOW平台上曾经尝试过直播，就是这一句话引起了面试官对中国直播市场的兴趣，接下来面试的每一问题都是围绕着直播平台以及我对直播市场的观点：

直播市场在中国和全球的增长率是多少？你对这个市场的前景是持有什么样的看法？目前腾讯在中国直播市场处于一个什么样的地位？腾讯NOW的竞争平台都有哪些？假如你是腾讯的管理层，你会如何扩大腾讯的市场需求？

一连串的提问，考验的是我对直播市场的了解，但更多的是我的临场发挥、市场敏锐度以及思考能力。也是这段独特的经历，转化了整场面试的走向，凸显了我对中国媒体市场的认知，同时也让自己在面试中脱颖而出。

优秀学生互相竞争的化学反应；华尔街的喝咖啡（coffee chat）文化：如何让别人记住你

在华尔街，最成功的职员不一定是业绩最牛的，但必定是情商爆表的，且是社交圈层中的精英。很多人会问我为什么要花费那么多时间跟精力在建立关系和社交上。

美国大学有着同门子女加分的优待政策，《给富人的平权行动》的书中曾指出，大学偏好录取校友的孩子，校友子女通常占顶尖大学全部学生的10%~25%的比例，这个比例在近10年是大致维持不变的。这意味着父母是校友就能为子女在申请入学时带来优势，相当于为子女的大学入学考试成绩加了160分。作者指出，"他们为大学入学考试成绩每一分增加了20%的录取机会。如果一个人根据他的成绩原来有30%的机会进入大学，那他现在就有50%的机会。"

华尔街也有着无形的"推特传统"，即出身、学校背景和校友关系等会提升获得投行的录取比率。对此做法也曾被批评为高等教育和精英主义的世袭现象，剥夺了其他社会经济地位较差孩子上大学和进入投行工作的机会。高校也好，华尔街也罢，都是建立于圈子、关系之上；他和她是大学同学，他的母亲和她的父亲是挚友，他和老板的女儿是同学。大二实习时候的老板——毕业于哈佛法学院，曾担任哈佛校友会会长，他说过的一句话让我至今印象深刻："At the end of the day, Wall Street is not about the numbers but a relationship-based business."（到头来，华尔街是一种基于关系的利润模型。）每一封邮件，每一次问好和每一通电话都是潜在商机。投行间的竞争就是"关系"的竞争。因此，考官们从面试开始就物色善于打交道、处理员工关系和富于团队精神的应聘者，因为只有他们才能够成为最具资格的投行家，并给投行带来最大的效益。

金融行业是个高度依赖人脉的行业。想要打进这个圈子，networking是仅有的方法。西德尼·温伯格（Sidney Weinberg，1891—1969）从1930年到1969年担任高盛的主席，又被称为"高盛现代之父"。他带领高盛走出了大萧条的阴影，使高盛享誉美国，并留给继承者一块固若金汤的招牌。金融界的精英很注重建立并维护自己的人际关系。温伯格就是之一。他刚刚加入高盛的时候，只是一个清洁工，但是他很擅长与人打交道，给当时的合伙人保罗·萨克斯留下深刻印象。不论大小事，萨克斯总能想起这个16岁的小伙子。温伯格甚至经常参加保罗·萨克斯的家宴，他的高盛发展之路也越来越顺畅。后来，温伯格在担任高盛的领导人期间，始终坚信良好的客户关系、广泛的商界联系是公司未来发展的重要资源。他的私人朋友中，有美国最著名的企业如通用电气、福特汽车、宝洁等公司的老总，还有其他几十家巨型公司的主管人。西德尼还同时担任超过30家公司的董事。就如他所说，"Networking never stops."（建立人际关系网是永无止境的。）

华尔街除了标志力道的铜牛，还有一种标志其柔道的咖啡文化和鸡尾酒文化。咖啡的芳香物质达900多种，是葡萄酒的5倍，味觉与心绪的关系，味觉的酸甜苦辣与人生的酸甜苦辣是勾兑叠加的。味觉成为一种调剂心绪，增进融洽、激励思维碰撞的载体。日本作家夏目漱石的《三四郎》写主角青哲恋爱的心路历程，与之相对应的咖啡味觉，喝起来也是微微甜蜜的。

从大二开始，商学院的学生就会积极参与各个投行、银行和咨询公司的招聘会。各个投行为了在目标学校（target school）中招收优秀学生，各出奇招，会有专门的招聘小组每年到学校做两到三次讲座。一般由Human Resources（人力资源）主持组织，再由该学校的在职校友做讲师，特地从纽约飞去，与求职的在校学生们进行交流。

招聘会的模式是这样的：首先，在职校友会以幻灯片介绍投行的背景、各个部门、曾经执行过的交易、解释申请步骤等。接着，分析师们坐成一排，形成座谈小组，分享他们的申请过程，负责的业务和在投行的经历。最后就是Networking Session（交流时间），这也是最紧张、最关键的环节；几百个求职学生，20个求职者围绕着一个在职者，一边提出自己的问题，一边听取在职者的建议。竞争激烈的投行交流会，有时候更会有多达50个人围绕着一个在职者，不要说几乎插不上话，连圈圈都未必能挤进去。如何在众多人里脱颖而出，让考官能记住自己，这是一门学问。交流的时候提出什么样的问题极其重要。每一次的交流会，是脑力活也是体力活，穿着六七寸高的高跟鞋，在不同的在职者的圈圈中穿梭来穿梭去，一边还要努力记住在职者的名字、背景和聊过的话题，更要拿到他们的名片，给他们留下一定的印象，才算是任务完成。所以每次招聘会我都会强迫自己小睡一个小时并形成习惯，养精储锐，为一场高强度的硬仗做好准备。

　　大二实习的时候，除了要完成的必要工作外，还要跟进求职进程，说"忙得连吃饭的时间都没有"一点不夸张。午饭的时间，匆匆啃完一个三明治，就会游走在纽约上中下城，与不同的校友见面。一个校友曾经告诉我，他每天会收到超过200封来自校友或者是其他学校学生的邮件。但是就算有时间跟这些学生电话交谈过，挑选简历的时候也不见得能记住他们每一个人的名字，推荐他们进入下一轮的初面。因此，能够说服校友在纽约和我喝咖啡交流，面对面的聊天会大大提高校友记住我的几率。能够和在职的投行家喝上一杯咖啡，就证明了之前的邮件和电话交流，已经让你得到了考官的初步认可。所谓听其声而闻其人，先电话交流后咖啡交流，每天忙得焦头烂额的考官不会跟每一个求职者喝咖啡，但是如果第一关的电话交流给考官留下了深刻的印象，聊得投契，那么会收到考官主动的邀请。这也是为什么我大二把纽约作为实习的不二选择。与所有投行的校友在同一座城市，有地理优势，更方便"喝咖啡"，这会比每天几十通电话留下的印象更加深刻。这就是纽约的"喝咖啡（coffee networking）文化"。

第八章
华尔街柔道：《无畏女孩》情思

咖啡苦甜相伴，有的甜味明显，有的苦味浓重，味觉的酸甜苦辣与人生的酸甜苦辣是叠加勾兑的，咖啡、鸡尾酒是华尔街"可以喝的文化"，是倾听和诉说理想的滑润剂。

一天中午，我到黑石办公楼下约跟校友见面，在黑石旁边的星巴克。一坐下来，扭头四望，就可以看到不同学校的大学生们跟在职校友喝咖啡。再仔细一听，都是在纽约实习的大二学生，想争取黑石的大三实习机会。有趣的是，下午2时左右，也许投行家们在高强度工作半天后需要放松一下，几乎所有曼哈顿的咖啡厅都成了投行家们的主要交流场所，那里人头汹涌。华尔街的咖啡下午茶文化，也好比英国下午茶文化的浓缩版和加长版。

大三第二个学期，我来到伦敦城这个老牌金融中心交流学习（study abroad），迷上了它的下午茶文化，同时也让我想起了在纽约喝的每一次咖啡，每一次与华尔街在职者的对话。英国下午茶起源于19世纪初期的英国上流社会。由于当时的上层贵族通常在晚上9点左右才进晚餐，一位公爵夫人为了打发百无聊赖的下午时光并

　　2018年春天在英国伦敦游学期间偷得半日闲，一赏下午茶文化。对下午茶的热爱，始于伦敦，但不终于伦敦。从那以后，常常一边工作、看书，一边浸润在下午茶的文化中。余暇中的休闲，亦是一天中最享受的时光。

且在晚餐前垫垫肚子，便在下午喝茶时吃些茶点，从一个人进而邀请亲友一同品茶聊天享受午后时光，慢慢地下午茶的习惯在当时的贵族社交圈内流行了起来。成了一种生活方式、社交方式，一种别具一格的生活氛围。维多利亚式下午茶由此而来。

下午茶既可以是高贵的，也可以是平民化的。无论起源于贵族还是草根，如今的英式下午茶已然成为英国正统茶文化不可或缺的灵魂。上自女王，下至其他阶层，都对下午茶文化情有独钟。而这种下午茶文化也在100多年前的纽约开始慢慢盛行。

曾在历史悠久的纽约The Plaza Hotel（广场大酒店）品尝下午茶，这座始建于1890年至1905年开业经营的旧广场酒店，后来在1907年再次重建开业，这座酒店高耸于纽约城云端，位于纽约第五大道，与中央公园隔街相望，成了世界名流要人的首选之地。也是多个电影、电视取景之地，如《了不起的盖茨比》和《欲望都市》等。大堂的The Palm Court（棕榈厅）餐厅，提供下午茶服务已经超过100年了，是纽约最具标志性的下午茶胜地。环境十分优雅，Palm Tree绿意环绕，最经典的巨型玻璃穹顶，满是典雅华贵。不少纽约本地姑娘，小时候的梦想就是在这里享用一次下午茶。记忆犹新的是，第一次踏入棕榈厅的时候，除了华丽的装潢，最让我着迷的是在这奢华空间里浮动的所有对话，不同行业的交际，不同的职业圈子，华尔街的投行家、时尚杂志的编辑、顶级律师事务所合伙人等济济一堂。那些超出行当，超出圈层，不同的跨界交谈，精英交谈，其思维的碰撞，文化的交流，肯定不同凡响，是我孜孜以求的。而华尔街"咖啡文化"，所代表的也是一种圈子的融入，一种

2018年暑假，摄于广场酒店棕榈厅下午茶，此为纽约最具有历史性的下午茶胜地。

进入华尔街必要的入门票。短短十几分钟，你来我往每句对话，首要就是达到与同桌人在某方面上的共识，有文化的认同。

闲的时候我的兴趣之一就是坐在曼哈顿的咖啡厅里，一边查资料，一边聆听他们的一些对话。耳熟能详的问题：

你为什么会选择×投行？

为什么会选择投行这条路？

你感兴趣的交易是？

你们部门的主要业务是？

……

具有讽刺意味的是常常会听到在职者的哀叹声，我心里嘟囔着"又是这个问题"。每天被这么多的求职者围绕，问题如出一辙，每一个问题都已经回答了上百次，背都能背出来了，即便如此也很难记住每一个学生的形象。所以我才说喝咖啡并不是简单的喝咖啡，而是一种修为，大忌就是千篇一律。第一次与一个不相识的人见面，多少有点尴尬，但是"喝的咖啡"愈多，就会大大提高聊天的技巧。我学会了在与校友见面前就先看看个人档案和了解他的背景，猜测他的兴趣和性格，并准备几个个性化、定制好的问题，以便聊天中的谈话没有陌生感，以免对方觉得索然无味。一般喝咖啡的时间只有短短15分钟，高质量的聊天，不仅能让校友记住你，让他对你作出推荐，更能收获一些投行的内幕知识。所以说喝咖啡的重点就是要知道如何巧妙地聊天，听校友分享故事的同时也是一个巧妙推销自己的机会，找到与校友的共同点。大二暑假我在纽约12个星期，上百次约咖啡，我掌控话题的走向和节奏也慢慢如鱼得水起来。

华尔街的柔性

高中曾修过心理学课，一直对斯图亚特·霍尔（Stuart Hall）提出的文化和女性主义之间关联的观点很是有兴趣。他指出："意义并不内在于事物中，它是被构造的，意义是被表征的系统构建出来的，是由信码构建和确定的。"女性在社会的弱势地位和有限的选择能力也是被文化因素所构造，被社会所影响的。因为社会文化的影响，女性常被赋予"柔弱""阴暗"等概念，与男性的"力量"的构造所对立。一旦这种二元化的概念形成，就会被社会约定俗成而不易改变，使女性的地位处于劣势。

一直以来，作为传统行业之一，金融行业中女性所占的比例都显著偏低。在参加交流会和参观公司的时候也意识到华尔街男女比例的严重失调。华尔街日报常用"玻璃天花板"（glass ceiling）描述职业女性在求职和公司待遇上的无形壁垒。像在交流会上10∶1的男女比例情况并不罕见。

个人认为任何一个团队里，既需要刚硬的、突破性强的猛将，也需要调和、忍耐和韧性的队员，后者一般是女性的天性。所以女性在华尔街的地位也慢慢被重视起来。华尔街女性的一个特点就是极其高的情商，相处之间总是给予人一种如沐春风的感觉，特别是增加亲和力最有效的笑容。加上与团队良好的沟通交流，是不少金融女性能够迅速走上管理层的秘诀之一。现在很多美国大学商学院会组织专门帮助女学生求职华尔街的项目，甚至投行也会有专门为女性打造的Diversity Program（多样性交流项目），与公司的在职女职员进行交流，并咨询投行申请过程中如何提高女性在公司的比例。

2017年3月8日，华尔街的铜牛身旁多了一个小女孩雕像，双手

叉腰，自信满满，仿佛要与迎面的公牛一分高下。这个雕像被称为
"Fearless Girl"（无畏女孩），成为了华尔街的新一代网红。雕
像的脚下有一块牌子，上面刻着"Know the Power of Women in
Leadership—SHE makes a difference"（了解女性领导的力量—
她迈出了第一步）。顾名思义，"她"的含义就是鼓励投行和企业
给予女性更多公司领导层的席位，也让更多人重视性别平等的问
题，挑战男权作为主导的华尔街职场文化。这个雕像引起了众多媒
体对新女权主义的热烈争议。

一直很喜欢的英国反战诗人西格里夫·萨松（Siegfried
Sassoon）的代表作《于我，过去，现在以及未来》里面有这样一句
话："In me the tiger sniffs the rose."诗人余光中将其翻译为：
"心有猛虎，细嗅蔷薇。"这句经典诗句形容华尔街的刚柔性结合
再适合不过了。铜牛是力的象征，无畏女孩则是柔的暗喻。忍耐和
韧性也是成功必备品格。就如人性中既需要猛虎之力去抵抗人生的
苦难，也会因为一朵清晨盛开的蔷薇变得温柔安然。坚韧与温柔的
共存也是华尔街成功的必然。

成为有趣的人之独特经历的重要性

一份简历主要由3个部分组成：学历、实习工作经历和兴趣爱好。如果说工作经历部分是一份简历的骨架，那么它的灵魂，即最容易让求职者亮点闪烁的部分，就非兴趣爱好莫属啦。

在商学院的简历格式中，最后三行通常为"附加项"，一般学生会泛泛罗列自己学历和工作经历之外的一些特点，为避免"清汤寡水"，很多学生更会浓墨重彩凸显自己的兴趣、爱好、旅游经历等。附加项也是简历的加分项，不仅是简历的点睛之笔，也是吸引考官能否关注的关键一笔：眼球的兴奋点，撩起考官的阅读的关节点，不仅能和谐共同的话题，让面试官认可你很"有趣"，并在众多求职者中横空出世，提高成功的几率。

简历附加项的重要性不仅仅限于面试，简历的筛选上也起着关键的作用。一位在Lazard（拉扎德法国投资银行，华尔街精品投行之一）刚入行的学姐曾经把华尔街的过滤简历过程描述为"随机性"；想象分析师们和人力资源部的职员会同坐一个会议室，而且是在午饭时间，从百忙中抽空挑选出第一面的候选人。很多投行分析师会一边拿着三明治，或吃着沙拉，一边在如"乱葬岗"的成千上万的简历中挑出心仪候选人。而他们只有30分钟的时间，很多人会幻想投行的考官们会一张张、一行行地细读学生的简历，从字里行间解读学生的经历、分析出他的潜力。而现实正好相反：假如一位面试官在30分钟要审阅超过100份简历，在每一份简历上停留的时间不超过18秒。筛选过程很简单：没有听过名字的学生，证明没有花时间与在职员工交流过，对公司感情不够，可扔掉；学校招牌不够亮的可扔掉；GPA平均成绩不过关的可扔掉；没有足够的实习经历可扔掉。如果说之前的几个硬件标准审核就已经花去了8秒，那剩下的10秒就看简历的造化了，那么如何在仅有的10秒内给人留下深刻印象呢？

美国顶尖商学院学生的简历几乎如出一辙，而附加项就是让面试官记住求职者的最佳契机。一位投行在职的学姐提醒：越有特点的爱好，越会延长考官在那份简历上面停留的时间。有不少考官会直接跳到附加项，直接挑选出他们喜爱的候选者，就是这么随机，就是这么任性。由此而言，提高简历附加项的质量就是最贵的学问，也是成败关键一役，不可等闲视之。

相亲节目作为简历加分项

当时我在简历附加项上面是绞尽了脑汁。大一的时候，一次偶然的机遇，参加了密歇根大学中国学生会举办的《非诚勿扰》。结识了不少有趣的朋友。2017年大二暑假回国，一天闲来无事，一时兴起，报名参加江苏台的《非诚勿扰》。几天后收到通知，对于一个经历了近百场面考，自称"面试狂人"的我来说，这场面试至今记忆深刻。据有关研究，直觉是制造巧合的神秘力量，超越思维和逻辑，我的这场非相亲经历，不知能否印证上述论述的真与假。

"你才20岁，为什么想要报名我们的相亲节目呢？"

一坐下，节目的面试人员就急不可耐地提出了他的首要疑问。说实话，这个问题在节目播出后也被很多电视观众、网友甚至粉丝们追问过。

除了求职，其实人生中许许多多的场合都逃不过"面试"这个坎。大一开始，给陌生投行的在职员工打的每一通电话，跟校友约的每一场咖啡，再到大三时投行的终极面试考核都在一以贯之而不断地培育着我的面试技能，这也成为个人通往成功坦途最必须具备的一种软实力。

就如求职社交过程一样，过于功利性则物极必反，最忌为相亲而相亲，从结识朋友开始。虽然两者的目的截然不同，一是为了专业需求，而后者则是为了结交伴侣。其实相亲的过程也与面试无异：在最短的时间内交换双方的信息，审查彼此的需求，探求彼此性格上的兼容性和价值观是否吻合，如果彼此合适的话就可进入下一阶段的接触。《非诚勿扰》的相亲舞台无疑加速了两者之间的接触过程，让男、女嘉宾在20到30分钟内展现自己的个人魅力。面试中所倡导的自信、个人推销技能和表达能力在这个相亲平台上也发挥着重大的作用。

"你的出现会为《非诚勿扰》的舞台带来什么样的特色呢？"

听到第二个问题的时候，心里偷笑了一下，即使是相亲节目的面试，实际上跟投行的面考题目如出一辙。这个题目让我一下子联想到了华尔街投行面试官最喜爱的考题之一："我们为什么需要你？你能为我们公司带来什么样的价值？"

首先被《非诚勿扰》舞台吸引的是这一个婚恋平台所影射的

当下中国年轻人的心态和价值观的相互碰撞，从男、女嘉宾和主持交流的过程中可解读出他们对婚恋的观点及处理各种社会关系的方式。而新版"非诚勿扰"的节目设置，既保留了旧版给予女嘉宾灭灯和留灯的选择，而且更加着重女嘉宾对男嘉宾的经历和观点提出问题，使女嘉宾的话语权得到了充足的发挥。新增的T台走台设计也让女嘉宾通过台步展现自己的自信和气场。面试，实际上也是一种人生的相亲。相和识之亲，相经验之亲，相知遇之恩之亲。

2017年7月播出的《非诚勿扰》一期节目的截图。

华尔街恋爱男女

近10年在美国初中、高中、大学及华尔街实习经历，丰富了自己的恋爱观，从而在节目中一啼新声。

说起华尔街恋爱史，在美林投行实习时候的一次小组聚会上，酒到浓时，微醺的老板跟我们讲到了他与妻子在投行相识相知10年的故事。来自不同学校、城市的两人，在美林的暑期实习项目中有了第一次的交集，让我深有感触。

"在实习的第一个周五晚上，我准备离开办公室时，几乎空无一人。转过头去，外面一片深沉夜色。我看到她还在一个人挑灯完成老板布置的模型，我走到她身后：她的指尖在键盘上飞舞，一边听着爵士音乐，一边沉醉在工作中，窗外时代广场的霓虹灯洒在她侧脸上。那是一双怎么样的眸，夜灯下透着盈盈光泽，如此专注。仿佛世界上只有她和对面的模型。她的薄唇轻抿成一条线，给人一种迫人的压力，却又让人的视线无法转移。那一刻，该死的，我有了心动的感觉。"

始于颜值，陷于才华。专注工作的女人，是最动人的。

"后来她转到另外一个投行工作。从交往到结婚，我太太就是一个工作大于爱情的人，也永远知道自己想要什么。即便被她为了工作取消过无数次我们的约会，可是怎么办呢，每每看到她沉迷在工作中，踏着高跟鞋时候的自信，跟客户开会时的谈笑风生，这就是一种说不出的魅力，左心房也总会因为她的一颦一笑而跳动。"说完，老板宠溺的微笑，让在座的所有人都甜到心头，也暗自期待着将来的某一天，遇到那个会欣赏自己才华，带来灵魂与思想碰撞的人。

《非诚勿扰》的面考官听完我的这段故事和表述，微笑着点点头，就结束了面试。当天的下午，我收到了正式录制通知。一个星期后飞往南京参与江苏卫视《非诚勿扰》的录制，我成了该节目播出8年以来最年轻的女嘉宾。

这段独特的经历，也嵌入到了我的附加项上，成了简历和面试中的点睛之笔。在投递M.Klein投行申请以后，收到了密大校友的邮件：

"感谢你申请我们的实习项目。看到你简历上提到你这暑假在纽约实习。如果有时间的话，我们可以出来喝杯咖啡，也顺便解答一下你的一些问题。"

收到在职校友邮件时着实有点受宠若惊，在职校友主动发邮件给求职者是求职过程中极其罕见的现象。

当时抱着好奇的心赴了这个约。坐在第五大道苹果旗舰店对面的星巴克里，校友直言在筛选简历的时候，看到罗斯风格的简历格外亲切，因为每一个美国大学商学院都有自己独特的简历风格，在千份简历中一眼就可认出。他再细看我的附加项上写着"相亲节目播出史上最年轻女嘉宾"，瞬间提起了兴趣。

"我在美国出生，父母亲来自上海，很早就移民到这里，他们算是《非诚勿扰》的铁粉，从小跟他们一起看节目，一边看孟非主持时候的点评，一边学中文。那天无意中看到一个求职者的简历，居然是参加过这个节目的女嘉宾，还是我们密大的校友呢，一定要约出来见一面。"接着，校友还让我跟他讲述参与节目的具体流程和种种经历。

"哎，我看到你在中国和美国都居住过，不知道你的恋爱观是更偏向于哪种文化呢？"

讲到自己的恋爱观点，也曾在节目上提过，一直很欣赏舒婷在《致橡树》一诗里通过木棉树对橡树的告白所表达的爱情观：

我必须是你近旁的一株木棉，

作为树的形象和你站在一起。

根，紧握在地下；

叶，相触在云里。

每一阵风过，

我们都互相致意。

一段关系中，两个完全独立的个体，却又互相依靠。享受爱情的至乐之余又爱中有敬，这样的关系才更长久。花开花谢，青丝暮年。隔着距离，隔着时光，一路走来，默然相伴，不离不弃，不语亦深情，无声也懂得。是何等的幸运？这种势均力敌的爱情模式，也是自己一直向往的。

然而，从小成长环境和传统观念所倡导的"男人征服世界，女人用温柔征服男人"的理论也是自己不太认同的。后期在《非诚勿扰》的舞台上有幸与孟非老师和姜振宇老师探讨自己的这个观点，感叹"撒娇的女孩有糖吃"这种变了味的价值观无形中徒增恋爱观不成熟的男女的悲哀。女性的柔性是一种美，撒娇可作生活情趣的体现，但不是一种征服方式。而真正的爱情无关谁hold得住谁，应当不相上下，旗鼓相当，才更长久。

校友笑着点点头，从那时起就给我取名为"相亲节目女孩"。也因为这段小插曲，这位校友成为我求职路上的重要导师之一。

江苏卫视《非诚勿扰》，一共12场的录制，从拉丁舞的表演，到《再别康桥》的双语版朗诵再到与孟非和姜振宇老师探讨各种社会婚恋观点。T台上走的每一步，每一次的发言，都值得回味。一路走来，也收获了不少志同道合的朋友、前辈、闺蜜和一群可爱的弟迷妹们。21岁之际，在国内规模最大的相亲"面考场"上，享受着思想撞击，检验了视野历练，收获了一段最有趣的经历和人生启发。

那段"始于颜值，陷于才华"的金句，似也可改为"始于巧合，陷于直觉，终于相互致意"。

2017年6月飞往南京参与江苏卫视《非诚勿扰》节目录制

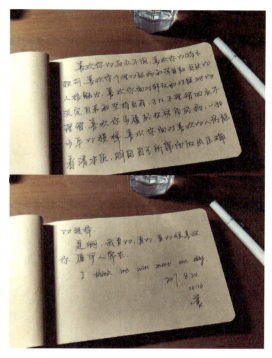

　　《非诚勿扰》三次南京之行，12场录制，意在人生历炼，收获颇丰，其中包括了这些可爱的学弟学妹及三观契合的朋友。其中，最为感慨的则是来自一位高中学妹的亲笔信。捧读来信，很是感激，在家里阅读这封信的时候，不出息地流下了欣慰的眼泪。就如同多年后有人读懂了那些年的付出和艰辛。学妹信中透露出的真诚、热忱和志向，以及自身细微的观察能力，让人欣赏。其文笔和思维非池中之物也。而自己能潜移默化地浸润到众多后辈和这些同龄人中的"另类"，也深感荣幸。文末的一句"I think we will meet one day"（我相信总有一天我们会相遇）。是的，我们终有一天再会，更好的我和愈加优秀的你。

第九章
提问的频率和质量，最贵的学问

每次提了好的问题，我都奖励自己一杯上乘奶茶

从高中至今，美国的讨论式课堂就是最有力的锻炼，无形中为后来的华尔街面试做最充分的准备。在罗斯商学院上的第一节课上，教授就提出了"Attendance only counts when you raise your hand"（只有在课堂上举手了才算出勤率）。她认为学生上课坐在座位上算"到"，但若不参加讨论就不算出了勤。更有意思的是，之后在商学院上的每一节课，都会有一到两个teacher assistant（简称TA，教授助手）在那里详细记录着每一位学生在课堂上举手发

言的情况，举手的次数、发言的数量、发言的内容及内容是否与话题相关。罗斯商学院，学生的举手率和发言的质量都会被记录在案，并做出统计和分析。每一次的记录都会计入学生的期末成绩，占总分的30%，会直接影响学生在该班上的排名。平时不积极参与提问，考试考得好也没有用。课堂上的议题，也会随着师生间的对话在变化，既无法预测，也无法事先准备，从而提升了授课的质量和强度，也不断地培养学生的自我思考和临场应对发挥的能力，"逼着"他们不断地去思考、去分析、发掘和表达新的观点。可以说美国的大学是从学会问问题开始的，教会学生如何思考，如何提问高质量的问题。

在罗斯商学院的每一节课都像是经历一场战役。每次在课上举手率高于平均，并提出了引人兴趣的观点，我都会特地跑到大学城里的奶茶店，奖励自己一杯珍珠奶茶，当是打赢一场硬仗的奖励，由此之故我成为了班上举手率前3和发言率前10的学生。因此说，在课堂、面试或是交流会上，提问的次数与质量，也是一种刚性指标，含金量比一个完美的答案更高。从佛罗里达初中开始的每一场提问，到安娜堡举手率气场的浸润激励，再到华尔街投行的初面、终面，波澜壮阔的提问大战如涓涓细流，如春风拂面，如大江东去，都让我心情激荡，这是踏入华尔街的"第一梯"，也是踏入人生的"第一梯"。

第十章
华尔街力道：铜牛遐想

> 我看铜牛：铜牛右腿如一铁柱支撑，尾巴向左
> 极有力度甩上，牛角铮铮，牛眼碌碌。
> 铜牛看我：俺是力量和勇气，有俺在牛气冲天

每次说起华尔街，人们首先联想到的是那些高收入精英，或是那条在纽约曼哈顿区南部从百老汇路延伸到东河的古老大街，或是那个享誉盛名的全球金融中心，还是那个代表财富和成功的象征？

我的华尔街梦，起源于12岁初游华尔街，肇始于那只华尔街铜牛。1997年生的我，属牛。初来美国那年，乃人生第一个本命年。也在那一年，我初访华尔街。

Wall Street（华尔街）是一条大街道的名字，原意为"墙街"。在纽约曼哈顿南区本来有一段土墙，当时的纽约还是荷兰的殖民地，是荷兰人最先统治了这块土地，并取名为"新阿姆斯特丹"，所以这段土墙是1692年荷兰殖民者为抵御英军的侵犯而修建的。17世纪末，英国人赶走荷兰人之后，拆墙建街，取名Wall Street，即"墙街"的意思，后被译为"华尔街"。这是一条全长仅三分之一英里，极其狭窄的街道，仅11米宽，从百老汇到东河只有7个街段。当我行走在华尔街上，向四周看去，它表面上并不繁华。街上冷冷清清，偶尔有人会进出于交易大楼。没有大都市的喧嚣，没有曼哈顿的雄伟，就是一条窄街小巷。

那一天走在华尔街上，所见所感深深地烙印在记忆中。至今还记得，那天的天气出奇的好，阳光从枝头叶间摇落，细碎斑驳洒在石板路上。时光静好，阳光将这一幕包裹成了琥珀色，晶莹剔透。那天的记忆，亦是梦想的起点。在后来的岁月中一直被小心翼翼地珍藏。

拐进去一个街口，就可以看到那只闻名世界的华尔街铜牛，这个著名雕塑，为纽约城市增光，成为纽约城市形象的标志。如米开朗琪罗的《大卫》成为意大利佛罗伦萨的光荣，如罗丹的《思想者》成为巴黎的辉煌。从华尔街走到铜牛，就几步之遥，第一次看到铜牛的时候，就被它的醍醐灌顶的气场和银钩铁勒的格局所震撼，每天都有成千上万的游客川流不息到此合照，进出的人流水泄不通。华尔街铜牛由莫迪卡所设计，而最早为它挑选的立足点是纽约证券交易所门前的人行道。当时，为了保证铜牛的安全，警察每晚8时在铜牛周围巡逻察看。我第一次看到这个身体健硕、鼻孔发光的庞然大物时，都被它浑身透着的"牛"气震住。右腿如一铁柱支撑，尾巴向左，极有力地甩上，形成力的平衡。铜牛最后被搬到与华尔街斜交的百老汇大街上安了家。

华尔街铜牛是"力量和勇气"的象征，雕的不是物品，而是岁月的积累和文化的沉淀，以平实的材料转化为艺术品时，也把惊天动地的牛熊，高涨和低迷，亢奋和泄愤，苦乐和哀荣，雕进了这岁月里。蕴含着毅力汗水自重自律。喻义着只要铜牛在，股市就能永保"牛"市。传说摸一下铜牛就能为事业带来红运。真实而非口头文字上的格局，只长在恬淡相关的心境里。除了一条古老的街道和来来往往的商界精英，华尔街更是美国最有力的文化象征之一。

　　摄于2017年暑假，大二实习杀青之际，清晨7点，摄于华尔街铜牛旁。那天特地坐地铁到下城，踱步华尔街上，重游旧地，重温少年时的梦想，8年来再次看到这只铜牛，摸着它的牛角，就如再获动力，做好接下来求职季最后的关键冲刺。

无论在世界任何地方、跟任何人提及华尔街，无人不知晓，特别在

二战之后，美国成为资本主义世界盟主，华尔街作为全球金融中心

的地位越发稳固。它是世界金融市场的晴雨表，也是投资者、商人的天堂，此地的风吹草动都能够影响到整个欧美，甚至全球市场。美国摩根财阀、洛克菲勒石油大王和杜邦财团等开设的银行、保险、航运、铁路等公司都集中于此地。至今仍是几个主要交易所的总部：如纳斯达克、美国证券交易所、纽约期货交易所等。今天，"华尔街"一词已超越这条街道本身，而大部分的投行总部也搬离原来的街道，在中城、上城建设办公楼。

2017年暑假再访华尔街时抓拍。经历过300多年的风雨雷电，气场犹存。

这条墙街，是个大格局气场，悠长的300多年风雨雷电，幽深的宅街小巷，那感觉仿佛是你从幽深里走出来，突然间，阳光泻地，风烟俱停，整个世界的窗户，为你一扇一扇打开，一片大视野、大气度的境界。

如果可以，让我在纽约遇见你

曼哈顿面积虽小，但是分很多区，每个区域都有自己的名字和文化。首先，Lower Manhattan（曼哈顿下城），华尔街老街的所在地，也是纽约最著名的金融区。下城也被称为Tribeca， 这里聚集着高盛、德意志银行、加拿大皇家银行和花旗银行的办公大楼。多半的住客都是从事金融专业，以年轻人居多，他们中很多人要每天四五点起床，6点前坐在办公桌前，所以这里也是华尔街职场新贵们的所在之地。

Midtown West（曼哈顿中西城）在很多当地人眼里，不属于纽约。时代广场，42街，被称为"世界的十字路口"，这里挤满着

　　摄于2018年暑假期间，再次走访曼哈顿下城华尔街。近400年屹立不倒华盛顿，气场犹存。图中雕像为著名的华盛顿塑像，1789年4月30日，在这里宣誓就任美国第一任总统。

　　他就如华尔街的有道者，日夜守护着华尔街，庇佑着美国的金融业的繁荣。

　　以纪念为美国独立做出的巨大贡献。当时的标题是："The Beginning of Dreams"（"梦想的开始"）。

来自世界各地的游客，总是让人寸步难行。当然，这里也坐落着摩根士丹利的总部、罗斯柴尔德投行、瑞士银行和巴克莱投行的办公室。摩根士丹利在职的学姐，总是抱怨高峰期时走路慢慢悠悠的游客。纽约人的特色之一就是他们走路的速度。英国最新一项在世界上32个大城市所做的调查研究，测试每个城市男女走路所需要的平均时间，结果指出纽约人步伐所需的平均时间为12秒，在全球城市走路速度排名前10。据一项医学调查，纽约人的平均寿命是全美

摄于2018年暑假，有幸"提前"在10点下班，路过时代广场，一睹其夜景。

居民中最长的，秘诀就是他们走路超快。在时代广场前一望，即可分辨出谁是纽约人谁是游客。纽约地铁刷卡机的设计也是为适应纽约人的走路风格：不同于其他城市的投币和滴卡式，纽约的刷卡机是直线形的，一边走一边顺手一刷，刷卡入闸时不会影响走路的速度，可以节省时间。

East Village（东村）和Greenwich Village（格林威治村）是纽约投行分析师最常去的地方，著名的纽约大学校区也在这里。特别是周五、六的晚上到凌晨，这里聚满了学生和下了班的金融精英，附近多半是酒吧、餐厅和舞厅。最著名的Washington Square Park（华盛顿广场），就在两个村的中间。很多人会在这里一边晒太阳，一边喝咖啡和聊天，也有人在这里卖艺或销售绘画，文化气息极其浓重。

印象深刻的是，从办公室回家有一段路是不少流浪汉聚集的地方。纽约的亲戚好客，给我带了他们特制的鸡翅，实习10周，在自己办公桌以外地方吃饭的时间屈指可数。多余的鸡翅，不想浪费。特地加热好，想送给住在公寓附近的流浪汉，让他们以填温饱。在地铁站门口遇到一个，便上前问道："家里多做了肉，想把多出来的送给你。"

他看了一眼保鲜盒，又望向我，"你带的是什么肉？"

听完，我愣了一下。"是家里做的鸡翅。"我笑答。

他想了一下，"多谢你的好意，我只吃牛肉。"霸气的回答，坚持自己的口味，不得不感叹在纽约城连流浪汉也是见过世面并不将就的。

Midtown East（曼哈顿中东城）也被称为纽约的新金融区，知名的大银行、保险公司、律师事务所和投行等的总部都搬到了这边。在这里能见到很多纽约的职场精英，著名律政美剧Suits（《精装律师》）的取景地就是在这里。这里也是我在纽约最喜欢待的地方。一直以来，很多人都问我是否考虑过在其他的城市工作。我的答案始终如一："非纽约不可"。既选择了远方，便日夜兼程。在我看来，纽约这个大都市，不仅仅有着人们常说的商机和潜在的人脉，而且也是一把万能钥匙。在花旗银行工作了两年后移居到高盛三藩市办公室的罗斯学长说："New York City opens the door to many opportunities and I am seriously gonna miss it."大意就是纽约为他打开了所有的"机会之门"，不管去往何处，他都会想念这座城。我觉得最大的原因就是纽约这座金融城特有的文化和魅力，我沉醉其中，不能自已。每次走过曼哈顿的中城，那里的人，衣着讲究，走路带风，清冷俊逸的容颜，暗幽深蓝的明眸，身上透着强大的气场，眼里流露出让人敬佩的冷锐，看一眼仿佛能把人的心给吸进去。对成功的欲望，是拥有金融界权势地位的人所有的独特气质。从他们身上我仿佛看到了多年后的自己，也是在那时立下了我的"金融梦"。大二在纽约中东城实习的时候，踏着高跟鞋，穿着西服，走在曼哈顿的街道上，那种自信和气场，这在其他的金融城里是无法感受到的。我经常向家人提起："Never felt like a queen of the world when I walk on the streets of any other cities but New York."（只有在纽约的街道上如风一般地走路，才觉得自己像女王一般。）

　　大二实习的时候，我的办公桌刚好就在最靠窗的位置。每一天我都会提前10分钟到达办公室，整理好当天会议的内容，靠在窗户上，一手拿着芒果绿茶，一边叹着曼哈顿的阳光，慢慢欣赏着这一座城，这是一天中最享受的时刻。我实习的投行刚好位于纽约中东

摄于2018年暑假，美林证券大楼外景，交汇于曼哈顿中城西42街和第
六大道。

城的中心，坐落于最为繁华的第五大道上，看着拥挤的时代广场和

远处的帝国大厦，以及街道上来来往往的纽约客和游客，想着8年前

的自己也是其中的一个游客，被纽约的繁华、华尔街的神秘吸引，到现在已经算是三分之一的纽约人了。这一眺望，给我一天新的动力。

摄于2017年大二暑假实习，实习所在的精品投行坐落于第五大道上。每天早晨从办公桌俯瞰纽约中东城的景观。

现在回头看，大二在纽约实习的3个月，如同成熟了3岁。纽约总是在逼着人思考：怎样才能成为更好的自己，鼓动自己要比昨天更加努力；怎样成为更优秀的人，才能配得上这座城。也就是这一种动力，驱使我不断挑战自己。每天的这一时刻，我俯瞰远眺整个城市，一天天地被它迷上。这种氛围，这种文化，无比独特，无可替代。

Upper West Side（曼哈顿上西城）和Upper East Side（上东城）是著名的富人区。中央公园、卡耐基音乐厅、林肯中心、哥伦比亚大学、美国很多富人和明星都聚集在这里。投行和律师所的老板或工作多年的老员工也喜欢在这个区居住。中央公园是纽约的宝地，尤其是夏天，每天都有人在这里野餐、跑步、聊天和拍婚纱。公园的周围也有很多米其林级别的餐厅和著名的酒店。苹果公司的旗舰店就在公园的旁边。这里也是麦考利投行、野村证券、Raine Group投行（雷恩集团）、Jefferies（杰弗瑞投资银行）、黑石集团等投行的聚集地。

从曼哈顿区域的分布可见：即使街道本身位于下城，但是华尔街也渐渐成了金融区域的代称，亦可指对整个美国经济具有影响力的金融市场和金融机构。对于我，华尔街是一个梦想的象征，在这里我第一次就被它的氛围迷住，许下了长大要进入金融界的心愿。初访华尔街的8年后，我已经是一名大二学生，在纽约第五大道上的精品投行实习了整一个暑假，离当初的梦想仅一步之遥。实习杀青之际，我特地坐地铁到下城，踱步在华尔街上，重游旧地，重温少年时的梦想。8年后再次看到这只铜牛，摸着它的牛角，就如再获动力，在接下来求职关键期做好最后关键的冲刺。

第十一章
"写简历"是门专业课

进行时要写，完成时也要写

美国大学商学院的学生不仅要兼顾学业，更要在大学期间为大三的实习做最充分的准备。为什么说四年大学生涯，大三的实习最为关键？

首先，实习本身是美国大学的一种校园主流文化。目的在于获取酬劳，积累社会经验，丰富个人简历，为毕业后的就业做准备。美国高校杂志*Chronicle of Higher Education*曾经做过一次统计，结果显示"求职者是否有过实习经历"已经是企业招聘大学生最重要的考量标准之一。成绩、学校排名等其他因素则被排在最后面。而另一项调查结果则显示有过实习经历的大学毕业生起薪比在大学期间无工作经历的学生高出6.5%。

几乎所有美国的大公司，银行和投行都会在暑期开放实习岗位，把大三学生作为主要目标，如果成功被录取，并在实习期间表现出色，大三学生会在大四学期还没有开始前，就获得return offer，即在公司实习结束后提前拿到正式录用通知，这也将会是大学毕业后第一份工作保证，大大减轻了大四面临求职的压力。

数据显示，从实习到在企业留任的可能性也在逐年增高。全美70%的企业都会给他们的暑期实习生提供全职岗位。而金融公司（投行和银行）90%的全职岗位都是从大三暑期实习生中挑选的。而咨询公司、科技公司和"四大"会计师事务所则分别是50%、70%和80%。相反，如果错过了大三暑期的实习，在毕业的时候才找工作，稀少的工作经验和不够丰富的简历，就会让求职难上加难，海投的简历多半也会成为炮灰。因此，本科大三则被称为主申请季。除了视野上的拓展，镀金的履历和高质量交际圈也是找到一份心仪工作的保证。而这份时间和学费上的投资，所得到的价值主要就是在大三通过斩获暑期实习来实现的。

美国商学院大学生的竞争从大一就开始了，可以说从大一暑假开始到大二暑假再到大三主申请季时的每一份实习，亦可被称为跳板实习（Stepping Stone Internship）。每一份经历都是积累工作经验；对之后的大三实习做出准确的定位。在华尔街投行面试的时候，面试的第一个问题99%是：

Tell me about yourself.（请简短介绍一下你自己。）

这也是金融界极其著名的"电梯游说"问题（Elevator Pitch）。如果你在电梯里只有30秒的时间来向一位关系公司前途的大客户推广产品且必须成功，如何在短时间内用最具有吸引力的方法，简短扼要地阐述自己的观点。

这个理论来自于三大咨询公司之一——麦肯锡公司一次沉痛的教训。麦肯锡曾经为一家重要的大客户做咨询。结束的时候，麦肯锡的项目负责人在电梯间里遇见了客户方的董事长，该董事长问麦肯锡的项目负责人："你能不能说一下现在的结果呢？"由于该项目负责人没有准备充分，即使有准备，也无法在电梯从30层到1层的30秒钟内把结果说清楚。结果，麦肯锡失去了这一重要的客户。金融界从此要求公司员工在最短的时间内把项目和结果，描述清楚，直奔主题，尽量把重点归纳在3条以内。这个"电梯游说"问题，也成了投行和咨询公司在面试中必问的经典问题。

看似简单的一个问题，其实是所有投行面试题目中最讲究、最具难度的。其实整个面试的成败也建立于这前30秒的回答之上。求职者如何在接下来的这30秒内叙述自己的经历，直接影响到面考官对他的第一印象和喜爱程度。

我个人很喜欢把求职面试比喻成"Crafting a Story"（编织故事）。这个问题潜意识上问的是：为什么会选择这个行业？为什么会申请本公司？而你之前的实习经历，就是最好的故事题材，找到每一份经历的连接点（Connection Point）就是关键；如何向考官解释自己，如何从A行业，转到B行业，然后再对C行业产生兴趣。最后，连接所有的经历，总结自己为什么对公司的实习项目情有独钟，自己为什么是最合适的候选人——制作出环环相扣，一气呵成的回答。对第一个问题准备得充分，优秀而令人印象深刻的回答，是为接下来的整场考核做最有力的铺垫，也说明面试已经成功了一半。一句话关联各个节点，找到呈现概念，就会产生效益。

美国的人力资源（Human Resources）对求职者简历极其看重，一份简历，如果说学历部分占15%，那么剩下80%都是在展现学生的工作经验，从而体现学生的综合实力。如果从大一开始只有零星的工作经历，简历的80%都是空白的或空泛的，在筛选的第一关，就已经被大大减分了。

我曾与美林证券（Bank of America Merrill Lynch）的北美地区人力资源部总监多次接触，她在美林证券任职已超过10年，也曾在纽约多个投行参与招聘活动，她是密大商学院的常客，经常在校园组织交流会。最有印象的是在我们的一次对话中，她几次强调招聘时对学生工作经历的重视程度。她认为：学生的GPA（平均成绩）和在大学曾修过的课程并不是那么重要，过滤上万份来自世界各地以及来自美国几百间高校的学生简历时，她更看中的是学生曾经做过什么工作，具有什么技能，会做什么工作，而最重要的是：能为这家公司贡献什么。

美国总统约翰·F.肯尼迪（John F. Kennedy，简称JFK），

是美国第35任总统。他在总统就职演说中说的一句名言，一直被广为传颂，"And so my fellow Americans, ask not what your country can do for you, ask what you can do for your country."（不要问国家能为你做些什么，而要问你能为国家做些什么。）我和美林的人力资源总监有一个颇为一致的看法，投行招聘的标准就是"Ask what you can do for your company"（你能为公司做些什么）。当然，也有不少学生夸大、虚构自己的工作经历，在面试的时候，考官总会让学生详细描述一下某个工作经历甚至是简历上出现过的任何一个微小的数字或者细节。类如：

Tell me about your last job and what you have learned from it.（请跟我描述一下你上一次的实习和你从中得到的收获。）

What kind of deals/project did you work on?（你涉及的是哪些项目和交易？）

What kind of challenges/difficulties did you face?（在过程中遇到了哪些挑战或困难？）

How did you overcome the difficulties?（你是如何克服这些困难的？）

从学生的答案中，考官自然能够分辨出其中的真假以及经历是否被夸大。

华尔街投行的面试过程归纳起来，主要被分为三个阶段；投递简历、初面和飞去公司总部的Superday（终极面试）。我不喜欢把第一轮的简历投递过程归类于面试，个人认为这只是一种纯粹的简历过滤。学生的GPA（平时成绩）、学校品牌和实习经历都是入选第一轮面试的硬件条件，亦是"敲门砖"。部分投行，特别是欧洲和亚太地区，一般还会通过数学、阅读和逻辑考试，筛选出合格的求职者。

如果顺利通过，接下来的才是面试的正式大关。初面和终面的成功率即使是用标准化数据也无法预测、衡量的。初面，一般是以电话或Skype为面试格式，多数是面试官对学生的潜力、性格，以及行业理解程度的基本分析。终极面试，学生会被邀请飞到纽约的办公室，进行三到五轮的面考，持续至少半天。不少来自世界各地最顶尖的大学，且GPA满分的学生轻易通过了简历筛选，但是初面被拒的情况并不在少数。一位在摩根士丹利任职10年的投行部面试官曾经说过，在华尔街的面试过程中，如果说唯一的窍门就是要知道他们挑选的不是"Who knows better， but whom we like better."（不是谁对专业知识懂得更多，而是我们更喜欢谁）。从此看来，面试的成功率更多来自面试官本身对学生主观的判断和喜好。那么如何能够在面试中得到考官的垂青从而提高成功率呢？

第十二章
最有趣味和最为擅长契合

思维、知识、智慧其实也是一种市场。

需要分工、交换、竞争、提炼、甄别，

做自己最擅长最拿手的事，激发出多元创新文化的契合度

　　首先，这离不开华尔街企业文化的核心——多元化（Diversity）。华尔街着重于招聘来自不同地域、专业和背景的员工。每天早上8点，每一个华尔街投行的股票交易部门，都会循例开会，上自任职多年的总监，下至进入投行不超过两周的实习生，共聚一堂，讨论着前一天晚上的市场动向和新的投资方案，这个时候也是分析师们大展身手，给老板留下深刻印象的最好时机，会议室

外时刻都可以听到从里面传来的激烈的讨论声。多元化的招聘政策就是要让讨论更激烈，所以投行需要的是有着不同经历的应聘者，因为这样他们才能够在之后的讨论中为投行带来新鲜的创意。不一样的思维、不同的分析，从而能引发更激烈的思想碰撞，构造出更上一层楼的投资方案。如果华尔街是一个市场，那么面试的考核也是一种市场力的竞争。要提高自己的竞争力，不能仅局限于对金融专业知识和行业的理解，面试者本身的人格魅力、文化格局也是重要的考核指标。

多元化招聘模式来源于美国教育极其注重的"全人教育"，美国大学除了对专业知识的传授，更多的是对学生人文素质的培养。就密大罗斯商学院的学生来讲，除了金融行业相关的课程，还必修社会科学、人文学科和自然科学这三方面的课程，占总学分的三分之一。

在密大的这几年，除去商业课以外，我选修过的课很是多种多样；大一修了精神病心理学，大二修过中国社会主义经济模板，大三的中国戏剧课，从昆曲《牡丹亭》、中国流行音乐等不同艺术类别分析中国文化。大三的中国文化戏剧课上还写过一篇关于牡丹亭的论文。我与《牡丹亭》早在2006年、9岁的时候就结下了渊源。年少时曾跟外公在广州中山大学观看培正小学校友白先勇的青春版《牡丹亭》。连续三天演出，记得第一天是感觉郁闷，唱段太长，不好看。在外公的劝说下第二天还是再次去观看。而这次看到了惊险的喷火。优美的长水袖以及许多打趣的旁白，演出甚为精彩，看者如痴如醉，对《牡丹亭》的喜爱从此不可收拾。也就有了后来读大学时论文的选题。以下为大学论文节选：

The Global Influence and Time–Transcending Significance of Kenneth Pai(五)s The Young Lovers(六) Edition of The Peony Pavilion

Zixuan Xu

Introduction

Originated in Suzhou in Jiangsu Province during the 16th century, Kunqu is a southern style regional drama which became popular in China during the 19th century. Known for its(六)delicate tunes and elegant melodies, (七)Kunqu, a combination of singing, dancing and drama, is performed in China and the rest of the world. In 2001,

Kunqu is honored as the World⑤s No.1 Oral and Intangible Cultural Heritage.⑦Written by Tang Xianzu, The Peony Pavilion is one of the most famous Kunqu plays in the history of Chinese drama. Tang Xianzu, often referred as the Eastern Shakespeare in China, is the most influential poet and playwright during the Ming Dynasty. With refined poetic style and technique, this play has been adapted and performed throughout Chinese history.

2009年初到美国至今，10年美国教育，最大的收获就是拥有了Critical Thinking（批判性思维）技能。这种思维方式的转换得来之极不易。2015年大一的时候在学校英语文学系发表的一篇论文，曾被教授推荐参选作文大赛。参选的论文题目为"Outward Life which Conforms, and the Inner Life which Questions"（外在的顺从，内在的质疑）。标题受凯特肖邦（美国著名作家，女权主义先驱者）著名小说《觉醒》（"The Awakening"）的启发，小说中讲述的是女主角埃德娜，一个男权社会下的母亲、妻子，不满足于个人存在的缺失。渐渐觉醒，拒绝传统女性角色，到最终寻找她独立个体的故事。以这部小说为切入点，我的论文探讨的是：自己12岁移居到美国的时候，从为了融入美国社会的主流文化到找寻出自己独立文化个体的认知过程。这个过程中，最大的挣扎来自辗转于两种文化的身份危机。初来乍到，一开始对美国文化是被动性的吸引，尽全力地去融于新的语言环境和文化氛围，使自己与美国文化变得更贴近，同时也尽可能地保持母文化对自己的影响。渐渐反思，为何不在中西文化两者中融汇贯通？这个"觉醒"过程见证了我从被动转化成主动，积极提取两种文化之中的精华，从而跃升成为自己独有的文化认知和独立思维。

这种转变，也来自高中历史课的影响。美国南北战争（Civil War）是美国历史课的重点讲题之一。小学时候无意中看到国内教材上提及美国南北战争的起因，下面一行答案标注着四字：解放黑奴。高中三年级的美国历史课上，当老师问道"是什么引起了1861年到1865年的美国南北战争？"，自以为对答案了如指掌的我立刻举起了双手，"目的就是解放黑人奴隶。"

听到答案后的老师不语，他转身在黑板上画了四个格子：政治、经济、社会、文化，并说道："没有任何一起历史事件是只有着单一的起因和影响的。这个问题没有标准答案。可以是解放黑奴，也可以是美国南北方的政治竞争，又或者是南方的农业经济无法赶上北方的工业所引起的经济矛盾等等。就如起因和影响，我们不应该轻信任何一份历史文档，历史学者甚至是教科书，因为没有任何一个来源是绝对的真理，只有过滤思考过所有的历史来源，才能形成自己独一无二的答案，而这种答案也是我认为最'完美'的答卷。"

现在回想起来，美国初、高中以来的上百场考试都是以论文形式为主，很少采用选择题格式。有些老师会声明自己根本不相信选择题的意义。特别是之前提及过的美国历史老师，曾经感叹："死记硬背，填鸭式的教育简直是在浪费学生的时间。知道南北战争是××××年开始的，××××年结束的又怎么样？知道美国第一届总统是华盛顿又如何？只有分析历史，从而形成自己的见解才是真正的学习、对历史真正的理解。"也是从那时起，我学会了从不同观点和范畴看同一个问题，分析每一个观点潜在的偏见和不真实性。没有单一的正确答案，不断地质疑和鉴定才是"批判性思维"背后最重要的元素。也是这种批判性思维的形成让我在之后的华尔街面试中纾解困惑，洒脱对答。

如我的论文所提及，在移民和留学生群体中，身份危机及文化危机是很常见的现象。个人认为盲目地接收新文化并不算是真正的融入，也不为美国教育所倡导。因为没有任何一位学者、任何一种观点、任何一种文化是绝对的真理，自己力所能及的就是过滤所有的信息，鉴定它们的可靠性，提取新的思考和文化的精华，以形成自己独立的思维。这个观点被教授多次在课上引用并表扬。这才是美国大学对"批判性思维"的真正解读，这也是美国教育的基础，更是美国社会"多元化"的关键。与留学生融入新文化相似，在华尔街盲目地适应白人企业文化其实也不算是真正的融入。自华尔街开创以来，华尔街一直被"白人男性"文化所主导。但近年来，这种"主流"文化流渐渐被淡化。而风行是"多元化"。这种"多元"超越的不仅仅是跨种族的招聘，更多展现的是独立思考的形成，从而激励不同文化背景、思维的碰撞。正因为有了这样的"不同"才会有持续的突破和创新。

一个商学院学生，最基本的要求是能够在任何关于金融方面的话题上滔滔不绝。但是要被称为一个真正的商界精英，必须对金融以外任何领域及其文化都有一定的了解和自己独到的见解。华尔街投行圈子里，流行着这么一句话，"No two deals are ever the same on Wall Street."（在华尔街，没有任何两个交易是一模一样的）。平实而又深邃。如果遵照旧有的思维，模型变化直接照搬上一场交易的模板，一定会是最早被淘汰的。自己很喜欢把投行家的工作比喻为一种艺术，因为一百个人按照同样的资料和财务报表，根据自己的理解和经验做出一百种不同的模型。就如答题不应只有单一标准答案一样，投行家的要义就是给出一份最新颖又有效的解决方案，而不是那个所谓的标准答案。

每个人经过市场的服务交换、专业分工和充分竞争，扬长避短，去芜存菁找到自己所长，找到自己的准确定位，使个人兴趣和天赋与专业分工配置一致，这不仅在整个经济至为紧要，而且对于个人发展也至关紧要。"不跟无趣的人一起工作"，亦道出此中真谛。

一次校友交流会上，在美林证券任职多年的一名分析师曾笑说，"一天工作有时超过15，甚至20小时，跟投行的同事一天腻在一起那么久，比见自己老婆和儿子还久，这样的情况下，你还会想跟无趣的人一起工作吗？"这也是为什么到了终面环节，对候选人的文化考核远远超过专业知识的考核，面试官总是要强调求职者的Cultural Fit（企业文化契合度），其实也可被理解为，该部门的在职者是否能够与求职者在高强度的环境下长时间相处。大部分亚洲人走上北美职场之后久无发展，语言关只是障碍其一。即使能够娴熟地运用各种金融专业术语，写出与本国人无异的研究报告，但也无法在各种社交场合与同事及上司倾谈工作以外的事情。这些闲聊（small talks）看似无关紧要，实际上却能帮助缩短与团队之间、上司下属之间的距离，有着出其不意的职场效果。与此同时，跟不同的部门和客户打交道是华尔街投行家的天职，而有趣的人则会让工作过程愉快得多，不仅打动客户，也更容易融于团体，更符合华尔街的团体精神，试问谁会乐意跟一个只会做金融模型但是枯燥无趣的人一起共事？每一个华尔街考题的背后，都是候选人沟通素养的体现，也是为什么说软实力即是斩获录取的关键。

成为精英必须要先成为一个有趣的人，而华尔街只招有趣的人。所以说华尔街的面试，不是考试，而是考察求职者的文化浸润、文化素质，提高自身的"有趣程度"和文化修养才是进入华尔街的"基石"。拿破仑曾经说过，"世上只有利剑和思想两种力量。从长而论，利剑总是败在思想之下。"由此看来，软实力比刚性的力量要强得多，发挥自己的有趣，凸显自己的异质，才是必胜的至关法器。

第十三章

鸡尾酒面考：始惊，次定，终醉

鸡尾酒考题乃是我20多场面考中的点睛之笔

纽约人有三句名言：

　　　　　　　　纽约不缺酒。

　　　　　　　　纽约人不缺故事。

　　　　　　　纽约和纽约人，处处教你学做人。

很多学长学姐在纽约工作几年后，选择去中国或到别处发展，谱写接下来的故事。经常在朋友圈上看到，"我想念纽约了。"从而引起一群人的怀旧感叹。每次聊起，他们更多想念的是这座城里有趣的人。这里最后一句所提及的"做人"，更像是说做一个有趣的人。大二实习的时候，在纽约一周，赴过15次的饭局和酒局，各色的人，别样的故事。跟有趣的人谈天说地，其乐无穷。

在纽约，酒就是生活的镜子。在纽约这座不夜城，酒吧文化也是纽约的文化标志之一，在全球50佳酒吧居于前10的榜单中，来自纽约的酒吧就占了3个。纽约人对差的酒有标准嫌弃脸。总是强调："Feed your body with good food. Feed your soul with liquor."（用好的食物喂养你的身体，用烈酒喂养你的灵魂。）有趣的灵魂离不开酒，而酒就是每一段故事的开始。

纽约最为出名的就是它的地下酒吧文化，通常位于毫不起眼的街区，入口极其隐蔽，需要费尽周折找到入口才能进去，进去之后别有洞天；昏黄的光线、爵士乐背景、充满了20年代感的装潢以及拥有闻名全纽约城甚至世界的调酒师。在美林证券实习的时候，与同是地下酒吧爱好者的总监意气相投。他对地下酒吧喜欢的程度让人惊讶，他在办公桌上专门摆放了一张纽约地下酒吧地图，上面密密麻麻的大头针代表的是他探访过的地方。他一年下来，已参观了

50多家纽约酒吧。足以证明这种酒文化也是纽约投行家、律师等精英群体所喜爱的周末节目、夜生活之一。

地下酒吧来源于美国的Prohibition Era（禁酒令时期）。20世纪20年代是美国的黄金年代，城市蓬勃发展，国民财富翻番。这个变革的年代也是许多文艺作品的灵感源泉，比如《了不起的盖茨比》以及经典电影《美国往事》等著作。这些作品都拥有一个共同的重要历史背景，那就是从1920年开始在美国长达13年的禁酒令。1920年1月16日颁布的美国宪法第18次修正案规定，任何生产、运输、销售酒精含量超过 0.5% 以上的饮料，以及聚众饮酒的行为皆属违法。禁令颁布的原因是因为当时的清教传统、社会进步主义者以及女权主义者所推动的一次社会运动。他们认为酒是万恶之源，于是采取了禁酒令从而建立一个积极、健康的社会。但是很多人的生活已经离不开酒，酒文化于是便转入地下。当时的美国人想出了很多方法，比如找医生开药用威士忌，因此当时很多酒馆都伪装成了药店。而现在纽约最欢迎的地下酒吧之一"Apothéke"也是位于纽约唐人街的旧药房，有意思的是酒单上的酒名也是由各种药名，类似"止痛药"而命名的。200多种鸡尾酒，200多种药名。除了药店，当时的人们还会在教堂获得圣酒，因此有人在教堂偷偷卖酒。那个时候也成为了地下酒吧的鼎盛时期，据统计，1925年纽约的地下酒吧达到上万个之多。据说是因为酒吧为了不引人瞩目，会要求客人"Speak easy（小声点）"，从而产生了地下酒吧的英文名Speakeasy Bar。当时的地下酒吧都会开在地下室、阁楼、后院等非常隐秘的地方，常客才知道的入口和口令暗号。也有一些伪装成了咖啡馆、沙龙、餐厅或者理发店，保存至今。

一直到现在，纽约最有名的地下酒吧之一的"Please Don't Tell"，是华尔街投行家常聚集的地方，门口是一家热狗店，需要找到店里的一个复古红色电话亭，拨通电话后才会有人打开电话亭的一扇门将你迎送进去，很有神秘感。后来在经济大萧条时期，美国总统罗斯福在1933年下令废止了禁酒令。禁令虽已被废除，但地下酒吧文化流传了下来，也成了今天纽约人和游客们消遣娱乐的胜地。文化的格局一大，心里就宏阔，精神就会逍遥、奔逸、自由，这也解释了酒文化在纽约的盛行。

"Please Don't Tell" 地下酒吧内景

　　2018年暑假实习期间，周末夜访"Please don't tell"酒吧。这个酒吧曾多次被评为纽约最好的酒吧之一。初夏的一个周日晚上，微微小雨浇熄了纽约下城行色匆匆的忙碌。密大朋友来访，一同去寻找这个纽约最有名的地下酒馆。这个神秘地带坐落在一家不起眼的热狗店旁。雨雾中亮起了灯光。走进去，里面是别具一格的装饰，独特的鸡尾酒，让我度过一个微醺的夜晚。

　　没想到，对酒文化的热爱，也帮助我在华尔街面试中不断获得好消息。在参加美林证券面试的那天，一共3轮，分别与6位面试官进行面谈。最后一轮的面试官，刚刚出差完，乘坐当天最早的飞机从三藩市回到纽约，他显然很疲惫，双手轻轻揉着太阳穴。问完几个形式化的专业性考题就作罢，忽然间，他随意提问：

"What is something interesting about you? Or what is something not on your resume?"（有什么是关于你的有趣特点？换句话说，有什么是不在你的简历上的？）

　　这个问题并不让我感到意外，算是面试的常考题，但是很多求职者虽然在技术考题上准备充分，却不经意地会砸在这两个问题上。他看了我一眼，继续拿着一支钢笔，一行行审视着我的简历，突然停顿在最后一行上面。这时候我也猜到了他是在看我的附加项。

　　当面试官看到了我在简历附加项上写了自己有调制鸡尾酒的爱好，一扫疲意，严肃的神情马上放松下来，看来他对这项爱好很是感兴趣。接下来，他问我的第一个问题，出乎意料地与投行无关，甚至与金融都搭不上边：

　　"你最喜欢的鸡尾酒是……"

　　我对鸡尾酒的兴趣不知起源于何时，一直以来就很认同一句话："识酒之士，必然是懂得享受生活的人。"爱好饮酒之士必定对生活充满热爱。从小跟家里人、朋友去餐厅之时，一坐下，就喜欢翻看餐厅酒单里面的鸡尾酒，有传统的鸡尾酒，有餐吧自己配制而命名的鸡尾酒，每每读着里面的基酒、成分，就如欣赏着一件件艺术品，总是在心里想象成品的味道。鸡尾酒本身就是一种生活情趣，一种文化，每一种酒的起源，就是一个故事，一段历史。21岁（美国合法饮酒年龄）后就喜欢跟朋友、甚至不太相熟的朋友相约鸡尾酒吧。一小时下来，从一个人喜欢的酒和饮酒的方式就能端倪出一个人的个性、情趣，甚至是格调、修养，让喜欢观察的我乐在其中。所谓，"我有酒，你有故事吗？"微醺的夜晚，他们的经历婉婉道来。酒不仅能辅助我对一个人的分析，更能解码不同的故事，从而更了解一个人的经历。我不太喜欢烈酒的浓烈，鸡尾酒极其适合酒量略低的我，容易入口，性情平和，色味俱佳好喝，慢慢从品酒到调酒，成了一种兴趣的爱好和升华。

"必须是玛格丽特！我会调制超过10种不同口味的玛格丽特。"

面试官点了一下头："鸡尾酒之后。你知道它背后的故事吗？"看来同是识酒之人，鸡尾酒显然挑起了我俩之间的共鸣。

玛格丽特是除马天尼以外世界上知名度最高的传统鸡尾酒之一。在1926年，美国洛杉矶名叫简·杜雷萨的青年带女友去打猎，但是在过程中玛格丽特不幸中弹身亡。从此以后简·杜雷萨郁郁寡欢，为了纪念女友，他调制了这款以亡灵女友名字命名的鸡尾酒，以寄托哀思，并以此获得了1949年全美鸡尾酒大赛的冠军。

"虽说闻名，但很多人提起鸡尾酒，首选的永远是马天尼。为什么你会喜欢玛格丽特？"他又追问道，似乎在考测我对鸡尾酒的熟悉程度。

在佛罗里达生活了6年的我，接触过不少来自中美和南美洲的移民，成年后在他们的影响下爱上了墨西哥的国酒——龙舌兰。而简·杜雷萨的标准玛格丽特配方就是龙舌兰酒、柠檬汁和盐。第一次喝玛格丽特的时候，是因为它的基酒是我最爱的龙舌兰。玛格丽特有龙舌兰的苦，柠檬的酸和盐的咸，三种不同味道交织在一起，搅拌出一种很独特的味道。刚刚入口的时候可以感受到一种烈酒的火辣，但瞬间这种热力就又被青柠的温柔冲淡了，后味有股淡淡的橙味。从刚开始的热烈到淡淡的酸，就如调酒师跟玛格丽特的爱情一样，从热烈到哀思。如果说第一口就迷上了这种酒，那么爱上她就是因为背后的这么一段故事。传说玛格丽特的柠檬则是代表他酸楚的心，盐则是代表他的眼泪。希腊挂头牌的VOZO，很冲，茴香，松子味，不是太喜欢，少了玛格丽特的味觉层次感。

就这么一问一答，我们从玛格丽特的起源，聊到了它的各种口味，各个做法，聊到纽约的酒吧文化，再回到美林的投行家对酒的热爱。足足20分钟，意犹未尽。也是我辗转于20多个投行面试，超过50场面试中，印象最为深刻的一场。美林证券终面的最后一轮：不是一个一问一答的考场，没有专业知识的考核，没有面试官的套路，每一个"考题"都离不开酒这个话题，所以这30分钟更似两个惜酒之人的一场切磋和碰杯。

第十四章
纽约是座酒城

酒是跟面试官和老板拉近距离最好的方法。

酒精，始终流淌在曼哈顿人的血液里，流淌在哈德逊河中。

从20世纪90年代起，酒就已经融入了曼哈顿人的血液当中，而成功实现了自己美国梦的华尔街人，也不可避免地沉沦于酒文化中。也许是这些位于世界之巅的顶尖"大咖"对酒精有一种与生俱来的渴望吧。从19世纪60年代开始，"美国鸡尾酒之父"杰瑞·汤玛斯在曼哈顿下城开启第一家沙龙酒吧，酒就已经彻底征服了华尔街。而时至今日，曼哈顿早已不是20、30年代文艺作品中所展现的那种鸡尾酒和烈酒的天下了。华尔街上有这么一句话：啤酒占领了布鲁克林，伏特加占领了皇后区，属于曼哈顿的，则是葡萄酒。

Royal Bank of Canada（加拿大皇家银行，简称RBC）的终面不同于其他投行，是"快刀斩乱麻"风格，由RBC的密歇根招聘团队飞来密歇根大学校园，从早上8点到下午5点一天之内完成所有的终极面试，并在当天晚上就公布最终结果。

加拿大皇家银行（RBC）创始于1846年，是北美提供多元化金融服务公司之一，是目前加拿大市值最高、资产最大的银行。现有1400多家分行，在全球30多个国家设立分支机构并且为1600多万的个体商业、公共部门和机构客户提供服务，是排名于世界的第15大银行和美国的第5大银行。从一早上9点开始持续到中午12点的面试，让我整个人处于忐忑不安的紧张状态之中，面试结果当天会由面试官电话通知。如果被录取，会受邀参加RBC一年一度的庆功晚宴。当我收到面试官的电话，心仍在蹦跳，他表扬了我今早的表现，并恭喜我被RBC投行录取，邀请我参加当晚的庆祝晚宴，晚宴安排在安娜堡最高逼格的牛排屋。这是我求职以来获得的第一份录取通知，那条绷紧了半年多的弦终于松泛。

RBC的这一顿庆功宴在罗斯商学院是出了名的，有意思的是

RBC文字上的录取通知书是晚餐后的第二天才发出的，虽说录取结果已定，但如果表现好的话还会对之后的工作安排有帮助。俗话说："吃饭吃得好，工作、加薪不会少。"在华尔街吃饭并不只是吃那么简单，同时也是高层了解并考察新人综合素质的机会，社交能力和吃相是一个人最好的名片。有的投行甚至会在面试前一天晚上举办晚宴，以观察候选人的表现而决定在第二天的面试中谁去谁留，对于这一顿饭，我不敢怠慢。

花了整40分钟，试遍了整个衣橱，终于挑选出一件自认为最得体的一字肩cocktail小黑裙。抹上我最得意的枫叶色口红。

高中开始，无来由地就嗜口红如命。我挚爱的作家张爱玲小说里，经常引用口红去凸显人物的特征，展现女性角色的气质。在她的小说《留情》里的敦凤喝茶的情景到现在还印象深刻。"她看见杯沿的胭脂渍，把茶杯转了一转，又有一个新月形的红印子，她皱起了眉毛，她的高价的嘴唇膏是保证不落色的，一定是杨家的茶杯洗得不干净，也不知是谁喝过的。"

"用不沾杯的口红"一说也是从那时兴起。那个时代的口红，是女人的骄傲姿态的象征，更是与时代斗争的武器。

在华尔街职场上，口红也是一种"软实力"。除了身材，口红就是女人的第二招牌，最重要的是OL（office lady）职业套装。成功女人永远不会跟不修边幅沾上边，在华尔街，从初级分析师到高管，没有一个女性职员是不修边幅的。无论加班加到几点，工作再累、时间再紧迫，经历过工作暴击后还不忘精致妆容的女性比比皆是。

每天早晨，最享受的是出门前对着镜子慢慢地、细致地涂上口红。这意味着带上了盔甲，准备去和这世界战斗，与不同的人挑战。在求职和实习的艰难过程中，每每沮丧、疲累的时候，我都会重新补上口红，抿抿嘴巴，再露出八颗牙齿的微笑，看着镜子里自己精致的妆，就会满血复活，所向披靡。

我习惯在面试或重要会议前抹上自己的幸运口红，踩着10公分的高跟鞋赶到安娜堡的主街，进门后特地把手机关掉。学校的职业导师就曾经强调过："The candidate who receives a call during the meal doesn't receive a call after the meal."（在吃饭时接电话的候选人，吃饭后就不会收到公司的录取电话了。）8点整，今天所有参加面试的考官纷至沓来，在另外一个场合再见面，考官们在考场上的严肃已经转变成了朋友式的随和。我刚刚好被安排到密大招聘组的总负责人Matthew（马修）旁边。他是密大的校友，今天他虽然不是面试官之一，但是特地在下午从加州见完客户飞过来，就是为了见一见今天被录取的所有候选人。该校友在加拿大皇家银行已经任职超过25年了，他的一举手一投足始终风度翩翩，蓝色眸子时不时流露出清洌的睿智。

一坐下，马修马上就让服务员为每一位在座的求职者都倒上了红酒，因为对于华尔街的投行家来说，对葡萄酒的重视也远远超过食物本身。"让我们举杯祝贺所有的录取者。"马修说道。

J.P.摩根的职员曾经表示，如果在餐桌上无法对一瓶酒发表自己的看法，就极有可能被排除在整个讨论之外。从入场到上菜的20分钟期间，众多的话题都离不开酒。1976年的"巴黎审判"后，葡萄酒便重新走进了美国人的视线，80年代加州的葡萄酒浪潮更是瞬间席卷了美洲大陆，餐酒以年均39%的销售速度疯狂增长。至于那些与华尔街息息相关的超高端名酒，1991年至1999年间不足10年的时间里，12支木箱装的销售额从240万美元增长至1010万美元，成为新贵阶级的象征，也成为投行家们最热门的话题之一。

抿一口红酒之后，品出了它浓厚的土壤味道，这是我最喜欢的土香气味之一。虽然鸡尾酒是我最大的兴趣，但是对红酒也有少许研究，没想到在华尔街的第一场入门饭局中派上了用场。放下酒杯，我嘟囔了一句："Very earthy. I like it a lot."（土壤味道很重，我很喜欢。）没想到的是，旁边的马修听到后转过头来，很是吃惊，让我重复刚才的话。"Haha looks like someone is a wine expert."（哈哈看来某人还是位红酒专家呢）马修夸道。

看来我的一句无心点评引起了他的兴趣，今天的面考出了"一盘彩"。我们俩也是兴趣相投，都喜欢土壤风味较浓郁的红酒，因为土壤的气息，才会让红酒回归到最本真、原装的状态。曾经在广州参加过几次红酒的分享会，印象深刻的是酿酒师说过："伟大之酒并不出自酿酒师之手，而是出自葡萄园。"可见风土对葡萄酒的酝酿影响极大，而土壤的质量就是最关键的要素。在接下来的对话中，我们聊到了各种土壤的类型，从沙质土到黏质土壤，再到肥土土壤，从勃艮第沃恩－罗曼尼（Vosne-Romanne）的黑皮诺（Pinot Noir）的泥灰土壤，到美国加州Napa（纳帕谷）的葡萄酒的肥土土壤。从红酒的果味聊到酸度再到它的顺滑，可以说在接下来的整个夜晚，与华尔街这一群葡萄酒爱好者夸夸其谈了好几个小时。告别时刻，与他们一个个握手道别，考官们明早要坐最早的飞机回去纽约，马修临走的时候，转头对我说："期待这个暑假在RBC投行看到你。"蓝眸中透着盈盈光泽，他的眼中，掩不住的欢喜和赏识，满是欣赏。接下来的整个星期想到他的最后一句话，心里都是美滋滋的，这是一句来自考官的认可，也愈加感叹华尔街对文化素养的要求，即使对金融行业是如何的了如指掌，在刚才的对话中也不一定能插上半句话。所以说对各种酒系以至文化略懂一点，可以在华尔街的面试和饭局上展现独特的人格魅力。

第十五章
3周，20多场面考，来往安娜堡、纽约

穿梭在摩根大通、高盛、美林证券等投行，领略形形色色的面考礼仪

2017年10月初的密歇根底特律机场。这已经是10天之内第3次来到这个机场了。阴沉沉的天空飘着微雪，我抬手看了一下腕表，时间是早上5点45分，比预计的登机时间晚了15分钟。机场的显示牌：从底特律到纽约的飞机旁边有着大大的红色delay（延误）标志。

"尊敬的旅客，由底特律飞往纽约的飞机将会延迟起飞。对你造成的不便，我们深感歉意，我们稍后会广播新的登机

时间。"

心里一沉，开始焦虑、惊惧、不安起来，每五秒钟就看一次时间。

"你好，我今天一早有一个非常非常重要的面试，实在不能错过，飞机到底什么时候能起飞？"

"抱歉，前一班从波士顿到底特律的飞机还没有准时到达，我们一有消息马上通知你。"

过去的半小时就像过了半个世纪，我在机场大厅徘徊，问了一个又一个工作人员。终于在半个小时后给我换乘另外一班飞机，那一刻，长长地舒了一口气。

就在前一天，10月的第一个周二这一天，我收到了美林证券纽约办公室投行部门的终面通知。当时妈妈来密大校园看我，在咖啡厅闲聊的时候，我一直就在不停吐槽求职以来的压力。手机一响，新邮件提醒，扫了一眼标题，"Congratulations Zixuan!"（祝贺你，子萱！）每次只要是Congratulations开头的邮件必是好消息，再仔细一读，是来自美林的面试通知，第二天早上8点纽约办公室终极面试。心里满是欣喜，亦满是纠结。

纠结的是又面临一个艰难的选择，因为多个投行已经发出了通知，求职本身就是每秒必争的选择，华尔街上的每一个投行，也是竭尽所能、争分夺秒地"抢夺"人才。所有录取的空位一天天地被填满，也说明了还在招聘的投行已经所剩无多了。当时已经拿到了几家投行的录取通知书，美林是首选之一，一直想等美林面试结果出来后再作最终选择。那天在咖啡店，我打算采纳妈妈的意见，在那几家已经被录取的投行里做出最终选择。让我同时纠结的是那个星期刚好是我们商学院的"地狱周"，周三和周四还有四门的期中考试，如果参加美林的终面，第二天一整天都会在飞机上和面试中度过，非常影响之后的考试成绩。这的确是一场赌注，需要孤注一掷。

也许是冥冥中注定，考验我一直以来对美林的喜爱吧。大二纽约交流项目的时候，美林证券也在参观名单上。踏入美林大楼的刹那，就给我留下了极为深刻的印象。或许我是"办公楼"控，又或许是一见钟情的直觉吧。在全球有超过700个办公室及15700名财务顾问的美林总部就在纽约的42街和第六大道的交界处，大楼的名字叫作One Bryant Park（布莱恩公园1号），可俯瞰整个位于美林旁边的Bryant Park（布莱恩公园）。美国银行所在的大厦，是世界贸易中心倒塌后，继西尔斯大楼及帝国大厦后美国第三高的摩天大厦，在全世界摩天大楼排名第13，高366米，一共54层。这里离时代广场非常近，常年人流涌动，也是各个银行、咨询事务所和律师事务所的聚集地。一连四天参观完十几个投行，我对美林办公楼的雄伟、窗外布莱恩公园（Bryant Park）的美景和热情亲切的校友，甚是欢喜。项目交流结束以后，特意回去美林的办公楼，与一位在美林股票交易部门的校友相约下午3点见面。去到时还只是两点，便在旁边的Bryant Park走走逛逛。Bryant Park周边是休憩绿地，是游客和附近上班一族喘口气的好地方。3月的纽约，还是下雪季节，前两天刚好一场大风雪，整个城市都被埋在雪堆里。那天融雪之时，地面湿滑，公园的中心是著名的纽约公共图书馆。馆前的两只狮子也被雪埋起来，一只叫"阿斯特狮"，另一只叫"来努克斯狮"，后在美国经济大萧条期间被当时的纽约市长命名为"忍耐"和"坚强"，就如华尔街上的铜牛所代表的力量，以鼓励纽约市民在危机中共渡难关。二楼图书馆的重要藏品之一：《古腾堡圣经》（Gutenberg Bible）展示在大厅中心，1455年这本以活字印刷术印制的古版书被视为西方图书开始量产的里程碑，不得不感叹纽约处处是历史的辉煌。逛完之后我到旁边的甜品店等校友。

　　3点一刻，校友匆匆赶到，这是第一次见到她真人。前一天参观美林时没有能见上一面，校友执意要在我离开纽约之前见一见。我们相谈甚欢，校友大三在美林实习，从毕业开始就在美林股票交易部门工作，或许是股票销售本身的"好谈"，半小时下来，完全不是机械性的一问一答，不需拘于小节，更像是挚友间的聊天。我们都不约而同地点了抹茶千层蛋糕，这家甜品店就在美林办公楼的旁边。千层蛋糕（Mille Feuille）在法语中是"千层迭起的叶子"的意思，"蛋糕"如其名，看这一层层薄如蝉翼的饼叠加在一起，是由法式可利饼和奶油组成，它的工序看似很简单，但极其讲究。我一边吃一边感叹，日后如有幸在美林工作，一定"口福不浅"。校友执意请我，她挑起眉毛，笑说，"Never work for a company if the employee asks you to split a bill."（绝对不要在一家他们的雇员要求你AA的投行工作）。虽是玩笑话，但是也从可看出美林职员的随和及大方。交流会上，很多投行家们会强调他们的corporate culture（企业文化）。个人认为，谈公司文化，不能人云亦云，这是主观性的。不要说各个投行，就连投行内不同部门和组别都有各自不同的企业文化。最有效的分辨方法是尽可能地与更多的在职者聊天。"不要最好的企业文化，要的是最适合自己的文化。"当你一周超过80小时的高强度时间与同事工作在一起，不需要伪装自己，舒服自在，才是最佳的工作氛围，与美林联系的每一个在职者，都给我一种"非这家公司不可"的感觉。

最后还是觉得既然美林是自己最喜欢的投行，就应该抱着"试一试"的态度，即使失败了还有其他的选择。华尔街投行的人力资源部门一般6点钟下班，5点50分就不会再接收、回复任何邮件。收到面试通知书是当天下午的5点40分，我做出了"最后一搏"的决定。及时回复了人力资源的邮件，表明愿意参加面试，并预订第二天最早的航班，从密歇根底特律飞往纽约。

美林终面那一天的凌晨3点半，夜色依然如墨，初秋的密歇根，寒风瑟瑟，寒意瘆人，天空还飘着零星小雪。妈妈特地一早起来送我。大学后一年到头基本在外，与家人见面的机会甚少，最多是暑期回去看看家人。妈妈难得来一趟学校，飞去纽约就是一整天时间，这天也是妈妈在安娜堡的最后一天，第二天一早就要飞回去广州了。不能好好陪伴她，心里很是过意不去的。妈妈紧紧拥抱了一下我，对我说了声"Good Luck"，我们都意识到这是最关键的时候，一切尽在不言中，短短十几秒的拥抱，给予了我很大的动力。

尽管飞机误点，我还是在9点前赶到了曼哈顿中城的美国银行大厦。这是继大二交流项目和与校友见面第三次来到这里了，踏入大堂的那一刻有一种"归家"的感觉。组织这场面试的人力资源部负责人已经在门口静候应聘者，"Welcome to Bank of America Merrill Lynch."（欢迎来到美林证券），并把文件夹递给每一位候选人，文件夹红蓝封面是大大的美林证券标志，上面有写着"2019年美林证券投行部门暑期实习生面试"的贴纸。打开文件夹，里面有当天面试的时间表，美林的终极面试一共分为4轮，每一轮分别由两到三位面试官主考。第三轮和第四轮之间的面试有20分钟的休息时间。我深呼吸了几口气，让心里安静平复下来，在为接下来一连几小时的考核做好心理准备。乘电梯到38层面试室，戴上了胸牌，上面写着自己的名字和在读的学校。出电梯后我踏着高跟鞋穿过一条长长的走廊，两边是透明的窗户，从这里可以看到忙得冒烟的投行家们，迎着我们的目光，纷纷转过身来跟我们一边挥手一边微笑，仿佛想起他们也曾经走过那条长廊，当年被面试的他们，跟此刻的我们也是一样的感同身受吧。所有的应聘者都齐聚在等待室，面试官们准备好之后，我们会被人力资源部的负责人带到相应的面试室，当第一轮结束的时候，被人力资源部职员带到另外一个面试室内，直至最后一轮的面试。走进等待室的时候，每一位应聘者都安静地坐在自己的位置上。一眼扫去，一共有10多位，有7位是来自耶鲁大学的经济系学生，两位来自加州伯克利大学，还有其他来自不同学校的学生。只有我一个密歇根大学的，突然感到有一种叫责任感的东西落在自己肩上。

摄于2017年秋季，纽约美林证券大楼下。4轮终极面试考核后，在美林大堂拍下了这张照片，作为在这场硬仗后"幸存"的纪念。

早上9点15分整，人力资源部的总监敲门进来，给大家交代了几句面试流程，祝我们好运，然后就带我们走向每一个面试室了。我再深呼一口气，昂首挺胸，一手挎着包包，一手拿着一沓准备好的简历，踏着7公分的高跟鞋，带着招牌式的八颗牙的微笑，走入了第一轮美林证券的终极面试。

第二天下午，我刚刚送走了回国的妈妈，心里深深的不舍和失落。这时候收到最后一轮面试官的电话，他告诉我被录取了，恭喜我获得了美林实习职位，并说服让我一定选择美林。好消息突然而至，我徘徊在罗斯商学院的大堂，好一阵都没缓过神来。如果说前一天的面试是美林对我的考核，并说服他们选择我的理由，从收到录取通知书的那一刻起，就意味着换位：美林来说服我选择他们的理由。我们聊了近40分钟。他提到最感人至深的话就是美林的名声和形象，这也是最有说服力的。

　　也许是冥冥中的注定，美林的创始人美里尔1885年生于美国佛罗里达州，毕业于密歇根大学安娜堡。18世纪20年代是华尔街优秀银行家横空出世的好时代，除了美里尔以外，国民花旗银行的查尔斯·米歇尔和卡尔文·柯立芝都曾是密歇根大学的学生。"领头牛"美里尔，其崛起的故事跟那些二次世界大战之前的杰出银行家们完全不同。查尔斯·美里尔是华尔街第一位出身卑微的传奇人物，是他将华尔街的业务扩展到了普通民众，从而使他的美林商号成了华尔街和主街（Main street，指普通小城镇居民，亦即平民百姓）的连接点。

　　离开密歇根的美里尔进入了华尔街，并在乔治·H·布尔商号找到了一份工作，为一些小公司提供低等级的公司债券承销。这是一项崭新的业务，美里尔运用了一些在华尔街上很不寻常的销售技巧，他直接投寄邮件，向小投资者推销并鼓吹这些新的业务。这个项目很快遭遇了噩运，在很短的时间内，发行债券的公司便开始赖账。美里尔不得不向许多投资者写信，为这笔糟糕的投资向他们道歉。但他从这件倒霉事中认识到良好、透明的财务信息的价值。虽然最初的工作并不顺利，可美里尔还是准确地预见到：扩张是未来的浪潮，仅仅是战争打乱了扩张的脚步，他决定自己单干。

1914年初，查尔斯·E·美林商号（Charles E.Merrill＆Co.）正式成立了。很快，美里尔选择了爱德华·林奇（Edward Lynch）担任合伙人，两个人建立起了一支强大的销售队伍，通过投资于他们向客户出售的同种证券而积累起自己的财富。美林还创造性地推出正式的培训计划，这也是华尔街上的首创，目的是培训经纪人达到大学本科的专业水准。在此之前，华尔街对教育背景的要求很低，经纪人的执照资格考试也不严格。这项创举成为日后美林的人才储备和品质证明。后来美林著名的明星CEO、里根总统的内阁成员之一唐纳德·里甘，就是美林的第一批受训经纪人。

18世纪50年代大牛市的来临，美林商号加强了自己的销售力量。它旗下的股票经纪人也已经获得了一种崭新的社会地位。18世纪30年代，股票经纪人的名声非常糟糕。经过漫长岁月的艰苦努力，股票经纪人总算为自己洗清了名声。现在，他们和医生、律师一样，成了受人尊敬的高尚职业人士。

经纪和承销业务成为了美林合伙商号的核心业务。美里尔在18世纪20年代初充满乐观的情绪，他意识到数百万的新客户正在涌向证券市场。美里尔处理投资银行业务的方式，与传统投资银行家完全相反。证券仅仅是有待销售的项目，它们并不代表与发行证券的公司之间的长期联系——这是50年之后主宰华尔街的基本哲学，但在1916年，这还是一种相当新颖的方法。这种利益至上的灵活态度，为美林赢得了声望。

接下来，美林证券很快便成为了第一家在纽约股票交易所挂牌上市的交易所会员商号。它的股票发行，结束了华尔街上最短的、也是最成功的合伙人制企业的历史。美里尔去世以后，到18世纪70年代中期，美林已经成为了华尔街排名第一的券商。此后，它也从未将这个位置拱手让人，在主承销商和参与承销商的名单上，它是当仁不让的大哥大。

　　然而，2008年全球金融危机来临时，美林还是没有躲过海啸，最终被美国银行所收购，令人唏嘘不已。作为华尔街前五的投行，美国银行是美国最大的基于资产的银行之一。2009年收购美林之后，美国银行已经成为全球领先的财富管理公司之一，管理着超过2万亿美元的资产。2017年华尔街投资银行业务总收入排行表中，美银美林妥妥地进入前三甲，在2017年最佳薪资排行榜上也是排名前三。

第十六章
"非纽约华尔街不可"

最强的包装

最大的财富

最精彩的信誉度

拿下美林录取通知书后，与面试官将近40分钟的对话受益匪浅。他认为，不管去或留，美林的招牌都能让这段工作经历成为我简历中最精彩的部分。真正进入投行以后，一到两年后的职业选择可以说是无穷无尽的。

一半以上的商学院精英都梦寐以求大学毕业后能在纽约的华尔街从事人生的第一份工作，几年之后有一些会继续留在纽约。如果以华尔街作为职业的起点，再到别的城市、别的企业，极其容易，极其灵活。有一部分人会选择继续留在投行这个行业，70%的人都会选择转去别的行业：私募基金、风投、咨询行业、科技公司、企业，甚至和金融业不相关的领域。一位美林纽约投行部在职的学长曾经说过，在进入投行一个月后，基本上每几天就会接到猎头公司的电话。毋庸置疑，只要在简历上有"纽约华尔街"印记，就是求职者本身最给力的包装，也为其增加很高信誉度。美国金融行业的圈子极其小众，对职员的信誉度更是高度重视。在这短短两年的纽约工作经历所收获的各种商业知识，从最简单的Excel知识到从零开始建造的各种金融模型，再到帮助世界顶尖公司实现他们的金融需求，其间所扩展的视野及建立的社交网络都会是最大的收获。能够在华尔街的高强度工作中"存活"下来的人，绝对有着极其高的工作效率和职业素养，这也是为什么那么多非投行的企业喜欢招聘投行出来的人。相反而然，如果先在其他的城市作为起点，再想转到纽约，竞争激烈，困难度也大大增加。这就是为什么我"非纽约华尔街不可"的原因。

第十七章
千封邮件，数百电话，20多场面考，终把希望点亮

10多次飞纽约，20多场面试。

终究把人、命运、岁月的希望点亮。

身边的一些学长学姐，简历就如镀金一般，大一开始就在各种知名公司实习，一步一个脚印走来，大三的投行实习后顺利拿到全职工作，刚毕业出来年薪就过20万美元，问他们怎么做到的，"哈哈，我只是幸运而已啦。"这可是他们客气话，万万不可信。在纽约，特别是在华尔街，这里并不相信运气，只相信争取和拼搏，一步一步地铺垫，才能到达梦想的彼岸。光鲜的背后其实是无尽的付出和牺牲。

投行的压力从申请的阶段就已经拉开了序幕。

大二开始我已经跟各个投行的校友们发邮件、打电话，逐步建立自己的人际关系。人际关系就是华尔街求职最有力的无形资产。幸运的是，九大投行以及其他的纽约精品投行，都分布着密大的校友。密大校友的众多，也意味着过程更加辛苦，需要比其他学校的求职者们发出多一到两倍的邮件。即使最后我只会在众多投行中的一间工作，但结识的朋友，积累的人脉，就是获取的最大成就。这种人际网，不仅在申请时有用，在工作时有用，就算某一天离开公司另谋高职，也继续发挥无与伦比的作用。

申请期那段时间，不是一般的压力山大，从小在家人的引导下懂得如何保持良好心态，关键时刻每个节点一定要专注。从大二的实习到美林的实习，可以毫不夸张地说，神经一直是绷得很紧的，甚至紧张到睡醒起来第一件事和睡前最后一件事想的都是同一件事：求职，求职，求职！最喜欢的电影《遇见你之前》（Me Before You）也成了那几个月的手机墙纸，一直在鼓舞着我："Live boldly. Push yourself. Don't settle."（勇敢面对人生，突破自己，别轻言放弃。）狄更斯的话在激励着我："一个健全的心态比一百种智慧更有力量"。每天的路线穿梭在宿舍、教室和图书馆这三点一线。为了提高效率，我在行走时边走边打电话，这样可以把一天打10个电话的效率提高到15个。为了节省时间，我的午餐和晚餐都是在图书馆的电脑桌前吃的，一边吃一边整理与校友打电话时的笔记，他们的背景、部门和负责过的交易，以及给予我的求职建议等等。每一顿饭食之无味，如同嚼蜡，但这一年时间当中，整理了上百页的校友资料，以备面试之需，形成一个强大的私人数据库。罗斯商学院每一节课中间有10分钟休息，我会一边喝杯饮料充充电，一边检查前一晚就写好并存在邮箱草稿的邮件，然后在上课前全部发出。那会儿是彻底告别所有的饭局、派对和社交。朋友们被放了无数次鸽子以后，笑称我简直成了山顶洞人，神龙见首不见尾，只能在图书馆捕捉个倩影作罢。

第十八章
我坐在中央公园长凳上，哭了

一天9轮面试下来，五味杂陈，后味悠长

    我在这一年间发了上千封邮件，打了几百通电话，在纽约的时候和上百位校友约过咖啡。可以说是把Networking做到了极致。这种极致下，伴随而来的是精疲力竭。记得有一个周五，一天的时间里分别参加了3个投行的面试，每个投行各3轮面试，一家投行面试完再匆匆赶到另外一家，一天之内9轮面试，从早上8点到下午5点，在踏出最后一轮的面试之时，我真正体验到了什么是心力交瘁。最后一家投行是在纽约上城，与中央公园隔几条街，跌坐在中央公园的长凳上，我开始哭起来，周围的游客和在公园走过的老人投来异样的目光，有好奇、也有怜悯。这时候的我也顾不得那么多了，真的是平生第一次在公共场合大声哭泣。

　　这种哭泣不是悲伤难过的，也没有丝毫放弃拼搏之意。这应该算是有生以来第一次因为压力而大哭，因为需要压力的释放而落泪。此景此境，让我想起了莎翁的戏剧《暴风雨》中的一句名言："凡是过去，皆为序章。"（What's past is prologue.）教会我这句话意境的人，就是从出生到现在对自己有着深远影响的外公。80岁的老人，终究还是闲不下来：坚持写书，参加各种会议、活动和饭局，学习各种新事物，与年轻人齐头并进。他活得真实，对文学有着独特的认知和无限的想象。让我打心底地敬佩，也是我至孩童时代最尊敬的人。所以说最能代入和体会自己一路求职的艰辛也非外公莫属了。

　　拿出手机，拨出了那一串早已倒背如流的号码。这时是广州的清晨，毫无悬念，三声后他一如既往地接通了电话。因为知道我学业和求职的不容易，外公笑称自己是24小时服务热线，总会接通我的报喜或诉苦的全部电话。听到他声音的那一刻，所有的委屈、压力和疲累一涌而出，我什么都没说，开始大哭起来。

直至哭声开始抽泣，歇停下来，外公沉默片刻，说道："嗯，会长辛苦了，再坚持一下。"会长乃是家里对我独有的昵称。外公声音温沉，简短的一句话，略带哭腔的鼻音，其余想说的尽在不言中。仿佛看到大洋彼岸的他黑眸中所泛起的泪光。这时他的眼里，应该满是心疼吧。

2015年外公八十岁生日之际，我曾发过这么一篇微信帖子，感叹外公多年来的影响：

昨天是我家外公八十大寿以及新书《黄说》《说黄》首发双喜之日。有时候很难相信八十岁的人还是如此的容光焕发和出奇的思维敏捷。外公就似我的好哥们、男闺蜜，所谓的"代沟"对我俩来说是最陌生的名词：我们可以聊一连几小时的莎士比亚，讨论一下午的中美教育差异，看一晚上的007（他的至爱，没有之一），有时甚觉他比我更九〇后，更年轻。

自认知以来，外公对我的影响一直深远。他有着敏锐的批判性思维，非凡的创新，长远的目光，风趣的谈吐及深邃的洞察力。God

knows我是如此想成为像他的一样的人。

最后，祝您生日快乐，福如东海。在接下来的日子，我希望向您证明这多年来的有意栽培及无意影响将是我人生蜕变中最强大的催化剂。

看到帖子后的外公，在数周后的《中国高尔夫》杂志上发表了这么一篇名为《30后与90后的对谈》的文章（他在这份杂志上写了7年的专栏，每月一篇）做出回应：

（微信帖子）写得如此这般的逸兴遄飞，很让我心醉神驰。文化之化，不是灌输，不是说教，不是以长者的从来正确，也不是以权势压而服之，而是化解他人心中情感，从而享受人文关怀。

这是一篇30后与90后的独白和互文。

这是一篇朋友哥们之间的倾诉和沟通。

它不是自上而下，也非自下而上，而是一种平等、尊重、磊落明豁，觇人情征人心的真诚温馨。

它的"好哥们、男闺蜜，所谓的'代沟'对我俩来说是最陌生的名词"，受到广泛的点赞和深切的祝福。

其时的我正处于美国高考SAT和大学申请的南征北战中。面对10多所大学，少至数十字，多则数百字的考卷的战斗洗礼。从11年级就开始慎思细想着手准备申请，这篇回文，给予了我强大的无形动力。而文中所提及的"平等""尊重"，难道不是现代长幼辈，父母与子女甚至是夫妻之间的相处之道？非说教、不以辈分之分的交流方式才是最启人心智的。也让我每一次与外公的交谈成了至今难忘的思维盛宴。

受外公的影响，莎翁的这句话成为我去美后每当遇到逆境必用来勉励自己的一句话，也是我们俩不可缺少的谈资之一。过去的牺牲、付出乃是未来最好的开篇。多年后回想起这几年来的点滴付出，求职时期的疲惫艰辛——都不应有丝毫遗憾，而应感谢当年努力拼搏、提早谋划未来的自己。

最后，挂掉电话。擦干了眼泪，擤了擤鼻涕，看了手机上未读的20封校友邮件，踩着高跟鞋，迈着潇洒的步伐，大步穿过中央公园，继续走下去。

2017年与外公外婆艺术照合影

第十九章
完美收官，一年后再会

"10周投行的艰难时光，上天不负，完美收官。华尔街的文化沉淀，坎进了这岁月里。一年后再会。"——2018年美林证券暑期实习心得

10周实习的时光，高强度的工作和加班到凌晨经常让我疲累得透不过气来，难得周末偷得半日闲，则喜欢到DUMBO看日落，DUMBO是"Down Under the Manhattan Bridge Overpass"的缩写，位于纽约东河岸布鲁克林区，主要是指布鲁克林大桥以及曼哈顿大桥中间的一片桥下区域。20世纪70年代以前曾经是纽约的重要工业区，由巨型仓库、机械制造工厂和纸盒制造厂等组成。渐渐成

为了纽约艺术家的聚集地，现在是纽约著名的工场艺术区。浓厚的艺术复古气息，也成为了众多电影的首选拍摄地，例如《闻香识女人》和《美国往事》等。黄昏时的布鲁克林桥、曼哈顿的天际线和远处的帝国大厦，应该是我看过最美的日落了。

2018年暑假实习期间，周末于纽约东河岸边漫步，摄于纽约布鲁克林桥下。

当太阳完全下山的时候，我喜欢漫步在布鲁克林大桥上，从布鲁克林区慢慢走向曼哈顿。大桥横跨纽约东河，连接着布鲁克林区和曼哈顿岛，全长1834米，桥身由上万根钢索吊离水面41米，是当年世界上最长的悬索桥，也是世界上首次以钢材建造的大桥，被认为是继世界古代七大奇迹之后的第八大奇迹，被誉为工业革命时代全世界七个划时代的建筑工程奇迹之一。虽然只有20分钟的路程，每一次走在大桥上的感触颇深：它连接的不仅是两个区（曼哈顿到布鲁克林），更是现实和梦想，细如尘埃的我们，走进曼哈顿的摩天大楼，这种感觉很奇妙，乃是周末的必不可少的爱好。

此情此景让我想起培正小学校友白先勇前辈的小说《纽约客》，特别是那句"纽约是一个道道地地的移民大都会，全世界各色人等都汇聚于此，羼杂在这个人种大熔炉内，很容易便迷失了自我，因为纽约是一个无限大、无限深，是一个太上无情的大千世界，个人的悲欢离合，飘浮其中，如沧海一粟，翻转便被淹没了"。《纽约客》突显的是纽约移民在中西文化碰撞下的迷茫、痛苦，以及独在异乡为异客的失落。在这个城市无法生根，也错失了与故乡的纽结。书里探讨的是两种命运：人的命运和文化的命运。而人的命运往往受制于文化，这才有了书中角色的挣扎和幻灭。

或许经历的不同，在我眼里的纽约城与白先勇笔下的《纽约客》的纽约城截然不同。纽约就是我的梦想之城（dream city），作为美国大熔炉文化的最佳代表城市，形形色色的纽约客，他们有办公大楼里形形色色的西装革履的精英帅哥，也有第五大道上名牌旗舰店里打扮时髦的时尚女郎，这里有兼备商业氛围和浓厚历史艺术气息的古街小巷，开到天亮的酒吧和丰富节目的人群，甚至连街头流浪汉都有着自己的品位和要求。他们来自世界各地，有着不同的经历，但是理想是一致的：在这个城市里扎根，掌控自己的命运，谱写属于自己的传奇。走在布鲁克林大桥上，让我更加领会到纽城的独特魅力，也给予了我拼搏下去的动力。在这世界上，人的命运不应该受文化的命运制约，而文化的命运往往取决于人。命运也许不可被改变，但是过程可以，去向也可以。然而过程则是最生动，最让人纠结，也是最陶冶人的。

　　也许在这座繁荣的大城市中有着纽约和纽约客的隔膜，也许曼哈顿的灯光不属于任何人。但在这黑夜里，在布鲁克林大桥上望着曼哈顿的夜景，有这灯光的陪伴，有着个人梦想的支撑，今晚，我是纽约的。

华尔街之"食物链"篇

华尔街属于一个等级制度极其分明的行业。刚入行的投行分析师就像在食物链的最底层，日日夜夜做着最琐碎而繁重的工作：模型、估值、幻灯片。华尔街也是极其看重"辈分"的，工作年限越长，工作压力慢慢减轻，工作时间也愈加富人性化。每一位总监、经理也是从"压力山大"这条路走过来的，出差时间长，缺少私人时间，从最烦琐的工作开始做起，一步步熬过来的。而到他们年长和接近衰老时主要的任务就是创造交易和引进新的客户，下午六七点就能回家。

华尔街的投行家大都有每天去Happy Hour（欢乐时光）的习惯，下午五六点的时候到附近的酒吧放松一下，让同组的上下层增进感情，又或者是请客户到纽约的屋顶酒吧参加联谊活动。当夜暮降临时，总监、经理喝完几杯酒，就挥一挥衣袖，赶回家享受家庭时间，陪陪老婆孩子，做个称职的老公（老婆）。上司走前与年轻的分析师和实习生会寒暄一下，"晚上有什么节目啊？"我们一口干完杯中的酒，笑说："当然是加班啦。"说完并匆匆赶回办公室，在这第二个"家"继续加班奋战。现在想起，实习10周以来，没有一天是在太阳下山之前离开办公室的，也没有一天的晚饭不是在办公桌前吃的。总算彻底体验了什么叫作"不见天日"的含义。

2018年美林实习期间，与同事和上司参加客户组织的联谊活动（Happy Hour酒吧欢乐时光），摄于帝国大厦旁最奢华的露天酒吧上。

美林证券纽约办公室的地址为One Bryant Park（布莱恩公园一号），在办公楼俯瞰整个公园，算是曼哈顿最好的风景了。在每

　　2018年7月12日暑假美林证券实习期间，偶然的奇遇，当下午6时，我下楼拿取外卖晚餐时，惊奇看到美林大楼门外被游客围得水泄不通。一问，原来他们在赏"悬日奇观"，每年难得一见的奇景。而美林大楼、时代广场后就是赏奇观的最佳位置。

年7月12日左右，曼哈顿夕阳西下的日落位置刚好与棋盘式的街道平行，太阳像被夹在摩天大楼群之间，落日的余晖洒满所有东西走向的街道，呈现出迷眩的美景。这与英国撒利兹堡（Salisbury）平原上的史前时期巨大石柱群景观一样壮观，故称曼哈顿巨石阵，也被称为曼哈顿"悬日奇观"。而在纽约42街上，时代广场后面和布莱恩公园一旁的美林大楼就是观赏奇观的最佳位置。此时正好是下班高峰期，游客、纽约人纷纷停下拍照，也是每年难得一见的奇景。

除此以外，布莱恩公园在纽约露天电影历史上也扮演着重要的角色。露天电影在纽约有着悠久的历史。早在90年代初，曼哈顿中心的布莱恩公园（Bryant Park）就在HBO电视网的赞助下开始放映露天电影，这个一年一度的"夏季电影季"在全美都享有盛名。黄昏之时，纽约人经常带上野餐毯和美食，一起围坐在草坪上，在习习凉风中享受电影的魅力。这个传统一直延续至今，也从一年一度变为了每周周一的电影之夜。

就算在离布莱恩公园只有一步之遥的美林大楼工作的我，也不曾有机会参与电影之夜，欣赏奇观。要是幸运的话，从办公桌偷瞄一眼外面的日落美景，也算是一睹黄昏纽约城的精彩。就如一位在纽约黑石工作的学长所言："金融的行业有多光鲜就会有多少牺牲。如果不在这个行业，如果能够有朝九晚五的工作表，日光倾城的纽约城那是不一样的。可惜，这是我永远不会看到的。"当再次想起这句话时的我，其时正站在时代广场旁最奢华的露天酒吧上，面对着客户，一边商谈着最新的融资项目，一边频频示敬酒意。我笑抿一口手中的玛格丽特酒，向他们示意，望着广场上来往的游客和围坐在公园里欣赏着电影的人群，远处帝国大厦的倩影和仿佛在另一个世界的自己——也明白了等价交换的原则。

华尔街工作的高压力、高强度的确名不虚传。很多人笑称，在签入职合同的那一刹那，也就是把灵魂出卖给那个叫"华尔街"的撒旦。

10个星期的实习时间，终于体验到何为用生命在打工。投行有一份很"特别"的经历。这份特别的背后就是每日每夜的加班加点，是疲倦不堪和睡眠不足的代名词。一周接近100小时的工作时间。每周30到50小时的文字处理工作，刚入行分析师的文案有80%的几率初次方案都会被否决，接下来马不停蹄地根据上级的评语做

　　摄于2018年美林证券暑假实习期间，清晨之际，从30楼美林证券大厦
俯瞰布莱恩公园全景。

修改，有时候一个数字、一个语法、图片的排版，不下百次才过

关。其他人在下午四五点下班，结束一天的工作，对于投行家来说

这才是一天最紧张的时候。所有的总监们平时忙着与客户打电话、

2018年美林证券暑假，作为实习生，每周会与小组参加客户组织伙伴的社交活动，并小酌一杯。摄于帝国大厦旁的屋顶酒吧，日落之际，手握一杯挚爱玛格丽特。

开会并提供项目最新的信息，也只有在下午四五点的时候才有空批改分析师们做好的项目文案。职场就如迷你版的社会，各式各样的人、各式各样的工作风格和截然不同的老板。

我实习的直属老板，他一开始在美国银行工作，2008年金融危机，美国银行和美林证券合并后就任职至今，陪伴美林度过了十来年的风风雨雨，在团队里位高权重。他是典型意大利人，对细节尤其讲究，随身携带计算器，每一个数字都有可能被他深究、质疑，被团队笑称为"最热爱开会的老板"。他喜欢一边写评语一边开会，一坐就是好几个小时，印象最深刻的最长的一次会议整整开了5个小时，可怜送外卖哥哥打了30多个电话也没人听，吃饭也由不得自己做主，算是体验了何为华尔街版的《穿普拉达的女王》。有意思的是，华尔街强调的黄金回复时间是5到10分钟，务求在这个时间内答复老板或同事的邮件和电话。有一次周五"提前"下班，外面下着大雨，密大同学周末来访，风风火火地准备赴饭局。走到一半听到邮件提示音，不祥的预感涌上心头，果然来自意大利老板的邮件，打开邮件，短短几个字：

"请帮我找到并发送这份文件给客户。急需。谢谢。"

这是老板在加州开会急需的文档。低骂一声，不得不在风雨中飞奔回办公室，邮件发出的那一刻，彻底松了一口气，果真每一天都是新的挑战。之后与家人提起此事，笑称是"老板虐我千百回，我誓今生永相随"的即视版。

投行这份工作几天不能合眼是常态，记忆深刻的是，在大二的时候，有幸被邀请飞去纽约参观罗斯柴尔德的纽约办公室，其中一位刚任职半年的投行部分析师，过来跟我们打招呼，分享她的经历。她苦笑说，最近被分配了5个不同的交易，出差8天，飞越7个国家7个时区，每天过着像梦一般的生活，今早刚刚从迪拜出差回来。虽然跟全世界最大石油公司的高层同坐阿联酋航空公司头等舱，到达以后，高层们都在意犹未尽谈论机上的羊排够嫩，红酒质感醇厚，可一连三天没闭眼的她上机就呼呼大睡，睡了全程，水都没喝一滴，更别说什么红酒配羊排是如何可口。这就是华尔街上下级的区别了。

　　投行家的朋友圈基本都是同行，甚至择选投行同行作为伴侣。这样时间能够凑到一块，也只有同行才能够理解彼此的时间表，彼此吐槽熬夜、加班的痛苦经历。当你向朋友们抱怨前一天熬夜到5点修改客户的幻灯片，外行也许会一脸懵，只有同行才能懂你的艰辛。我对面坐着的分析师在8点半的时候取消当晚8点半的约会，只因在两分钟前收到老板的邮件，如果女友不是同行，估计早就拜拜分手了。当然，投行家也是有社交生活和私人时间的，那只是会在最后一刻才会实现。计划永远赶不上变化，也不会知道明天什么时候可以回家，可以是12点前，也可以是早上四五点，果真是没有最晚，只有更晚。回想10周来多少次不得不在最后一刻取消饭局、约会和计划。刚开始的时候还不适应投行家的时间，跟学长学姐们约了8点聚餐，结果总监通知当晚要文案，饭局推到9点半；另一个项目的总监发来评语，只能改喝个小酒；上司要在第二天8点前收到完整的文案，第二天早上3点才离开办公室，小酒饭局也彻底泡汤了。也是从那时起被朋友笑称是"放鸽子专业户"。

华尔街给予求职者最好的平台就是一个圈子。一位在纽约花旗投行部任职的学姐提起过投行工作对她最大的影响："你接触到的同事，都是世界上最好的高校毕业的。一个人是他周围10个人的平均值，他的周遭是什么样的人，他就会被塑造成什么样的人。对于在职场拼搏的我们，圈子就是最有力的平台。"这一番话也让自己获益良多，结识最优秀、最勤恳的人，在每天15到20小时的这么相处的情形下，就会在无形中形成各种圈子，人总是会被同类所吸引，并产生与他们相似的思考方式、分辨事物的角度和处事的方法，而这些浸润细流、潜移默化的影响就是华尔街的圈子效应。

"做梦都在想数字才是合格的投行家。"

实习培训的第一节课上，一位来自伦敦投行家的一句话至今让我印象堪深："一个投行家的价值在于他的思想竞争力。而这种竞争力不是根据劳动而分配，而是体现于劳动所创造的价值。"一个投行家的劳动付出和上交的最终产品是不对等的。A分析师可以加班到凌晨3点，但是上交的模型质量远不如晚上9点就回家的B分析师。比起员工加班到多晚，投行更在意在这十几个小时里，该员工为公司贡献了什么，创造了多少的价值。而在最短时间内做出最高质量的成品才配得上投行家的称号。这个论点不代表说勤奋可能会徒劳无功，但是它着重强调的是工作时思考的重要性。我从2018年秋季开始任职业导师，辅导学生投行申请，曾被多次问到：为何华尔街投行的申请如此竞争激烈？每一家投行每年上百项的合并收购交易和融资项目，为何只在全世界上百所高校中选取100多不到200的暑期实习生？高盛曾在一个招聘季中就收到超过25万份的简历，摩根大通投行部门招聘实习生的录取率是2%，花旗全球投行部门的录取率也只有2.7%。很多人会质疑投行为什么不提升现有的1%—5%

的低录取率？在美林任职多年的一位总监说出了他的观点："华尔街招聘人才只看重质量，我们不需要一千个会做金融模型的平庸员工，我们只需要一百个天生的华尔街头狼。"就如狼群组织中的阶级模式，大大小小华尔街投行着重培养的是一个狼群中的少数佼佼者，因为整个群体的生存，往往取决于这些少数"阿尔法头狼"的智慧、判断和领导能力。

Microsoft Excel微软电子表格软件就是投行家的饭碗之一，全职的分析师经常笑说普通和出色投行家的区别就在于他们的Excel技能和使用速度，这是对求职者专业水平的重点考核点之一，投行不会录取只会用鼠标做表格的实习生。一个只会靠鼠标做模型的菜鸟和"键盘钢琴师"（游刃有余地操作各种Excel快捷键）的区别到底在哪里？打个比方，在报表上求一行数目的总和如果用鼠标操作的话需要30秒左右，但是如果在键盘上使用"Alt + ="耗费的时间是1秒。这说明了一个简单的操作可以节省了29秒，效率提升了30倍。一年下来，平均节省的时间是几十个小时。所以一个分析师晚上9点下班和凌晨5点下班的区别也在于对Excel的得心应手程度。实习的时候，坐在全职的分析师旁边，看到他们在键盘上舞动十指，不用半点鼠标，在屏幕上做出眼花缭乱的操作，亲眼见证一个投行家魅力最极致的状态。

"做梦都在想数字的才是合格的投行家。"伦敦投行家在最后一节课上说道，虽是半开玩笑但不无道理。所谓日有所思，夜有所梦，一个仅仅执行老板命令的员工只能称得上是"合格"员工；而一个"优秀"的员工永远比老板领先一步，想多一步（think one step further）。反应敏捷，善于思考。他们会想着任务背后真正的原因和这一个任务完成后的下一步工作。只有不断思考的员工才不会原地踏步，也才能提升到最好的工作效率。这也突显了华尔街对敏捷思维的执着。从那以后，经常建议学弟学妹在申请工作的时候尽可能不被一个行业的光鲜名声所迷惑，"最好的不一定是最合适的"。只有发挥自己的优势，做一份让自己能够在职场上发光发亮的工作，才能为团队添加最大价值。当成为一个行业的那匹敏锐的狼时，对外界环境及信息作出快速到位的评估，快捷的批判性思维，独到的洞察力，才算是真正的成功。虽然投行的工作强度大，但是这个平台所带来的眼界扩展、思考方式和格局，必对投行家本身有着脱胎换骨式的改造。

细节即使不决定成败，却与成败的关系至切

大二的时候，与一位在瑞士银行任职的校友通话，在结束前，她指出了我邮件的一个标点符号用法错误，把"Women's"写成了"Womens"，并在通话末提醒我，"看邮件就如看人，投行家对任何一个字母甚至是标点符号的错误都极其敏感，细心、谨慎是对每一位投行家的基本要求。粗心会让你的印象分大打折扣。"感叹华尔街对细节的要求无比挑剔，每一个华尔街的员工平均每天会收到上百封邮件，能够在众多信息中看出一个小错误，保有对细节的高度敏感，着实并非易事。那时起，慢慢养成了我对细节的注重，任何一封发出的邮件都会审阅3次以上，确保无误。

一路上各种的艰难险阻，考验和锻炼一个人的能力。几周下来，反应力和记忆力有了长足的进步，应对老板密密麻麻的评语已能轻松自如。实习期间与家人汇报，还呵呵笑夸："我不能说自己会喜欢我的每一任老板，但是能保证让我的每一任老板都喜欢我。"笑声里是满满的自信，这背后，也是这么多日来对自己的打

磨和历练。或许我的热情态度打动了老板，赏识之余还教会了我许多终身受益的道理：成败在于细节。从最底层的分析师开始到总监，老板细致到连每一份文件都要以45度角来钉住，这样最便于客户阅读；每一份报告都要亲自检查至少10遍才能上交给客户，30年来不曾改变过，不得不佩服华尔街对细节的执着。

美林实习的第一周是高密度的训练课程，聘请了资历丰富的投行家教授我们专业知识。导师是一名英国人，曾经在伦敦巴克莱银行从事15年投行工作。后来自立门户，现在负责世界各地许多投行的培训项目，辅导实习生和新聘任的分析师。一次闲聊中，她提起自己曾经还是实习生的时候，在第一周的周五晚上接近完成老板需要的合并模型，还有几行字就可以完成上交了，于是她换下正装，准备美美地去赴约会，与一位半个月前认识的帅哥烛光晚餐。这个模型已经花费了她一周的时间。但是因为最初的一个小小的公式错误，没有及时发现。在准备按下发送键，上交给老板，提早下班的她突然发现所有的数目都错了，以致要推倒重做，一场美好的约会就这样泡汤了。她在洗手间里大哭发泄一通后，擦擦眼泪，重新回到屏幕前，从零开始，并保证了在周六早上8点前上交了一份完美的模型给老板过目。

从那时起，她引以为戒，仔细如侦探一样审查每一个细节。每一行公式，甚至一个小小的数字，这都会直接影响到成品的质量。一个投行家最华丽的包装不是出身、大学或者是背景，而是他经手过的每一份成品的完美度。这种完美度也会转化为他本人的信誉度。在一个关系至上、信用为首的传统金融行业，上司和客户对投行家的信任就是一个投行家最光辉的名片。

第二十章
童年也要写"简历"

很多学弟学妹请教华尔街投行申请的秘诀，我以为专注就是唯一的捷径，想要拿到那份多少高等商学院学生梦寐以求的工作，肯下苦功是必须的。我学校的职业导师说："Networking is really about hardworking."（建立人际关系是要下苦功的。）当在面试中被问到 "Why do you want to work at our company?"（你为什么想要在我们公司工作？），很多人第一反应的回答是因为公司够好，所以我才想要申请。面试官真正的目的不是所谓的"为什么"，而是投职者为了应聘这个职位做了什么样的额外努力，例如：

是否了解整个行业的发展趋势？

该行业中的竞争是否激烈？

公司在所处行业的竞争力和都有哪些竞争者？

公司在行业目前的市场份额是多少？

公司的财务报表和经营的状态是？

公司具体的产品和服务都有哪些？

之前是否有跟公司内的员工打过电话，做过对公司深入的了解？

求职跟追求异性是一样的道理，就像喜欢的妹要努力地去撩，如果连套路都懒得去做，又怎么证明你是真心的？如果连校友都不愿意去联系，人际网也懒得去拓展，又如何令众多投行相信你是真正对他们感兴趣的？你是非投行不可的？就如跟异性相处时要有良好的好奇心，与在职者打电话、喝咖啡时学会聆听，并在适当的时机给予反馈，投其所好，不仅收获的东西更多，也会拉近两人之间的距离，让对方感受到求职者的真诚和对该行业的好奇心。

同时，就如爱情的核心是吸引力，而这种人与人之间最大的引力就非自信莫属了。同样的道理，求职者无须过于放低自己的姿态，又或者热情过度，这样会适得其反，不卑不亢的态度才是最重要的。就如有些学弟学妹经常抱怨为什么发了十几封邮件还是得不到校友的回应，与交往中的男女为什么连发十几封信息还是没有得到回应的道理一样，在求职过程中放正心态，保持对对方空间的尊重也是制胜要义。

M.Klein，一家精品投行，是我network的主要对象。它被称为"华尔街最神秘的精品投行"，这所投行的创始人兼CEO Michael Klein，是花旗集团成立以来最大的功臣之一，当年在花旗集团的CEO争夺大战中自动退出，另立门户，成立了一个全球只有25个员工的精品投行。没有公司网站，没有任何宣传信息，但是在秘密地执行着全球规模最大的合并收购交易，虽然外界的人闻所未闻，但是在华尔街上却无人不晓。这所投行位于纽约第五大道最繁华的位置之上，低头可见洛克菲勒中心。25人中有一半以上都是在华尔街各个顶级投行任职超过20年的总监，年资较深的投行家，靠的也是在华尔街的人脉和口碑。他们没有扩招人才的打算，每年在全球只招两个暑期实习生，录取率可以说是在华尔街上创了新低，甚至低于高盛等大型投行1%的录取率。

M.Klein多半的董事都毕业于两所高校：宾夕法尼亚大学沃顿商

学院和密歇根大学罗斯商学院。实习生名额也就多在这两所学校中产生。记得在大二的时候，我还不了解这家投行的来历，抱着"试一下"的心态参加了它的交流会。交流会在罗斯商学院最大的教室举办，200多个座位，座无虚席，站着的学生数不胜数。不同于其他大投行的庞大阵容， M.Klein的交流会只有两位50多岁的总监主持撑场，白发鬓鬓但风度翩翩，浑身透着优雅清冽。其中一位在高盛投行部门（负责工业行业合并收购）任职10年，后转去Evercore（华尔街上排名第一的精品投行）任职超过10年；而另一位则是在花旗银行投行部门（负责北美地区基础设施行业的投行总执行官）任职超过25年。在问答环节，其中一位总监Peter（彼特）扫视全场，几百个学生中女性学生寥寥无几，而我就是少数中的一个。

或许是现场少有女学生，或许那天我浅绿色的西装外套特别显眼。他望向我，接着听到他低淡的几个字："这位学生，你有什么问题吗？"

当时安静得可以听到呼吸声，旁边的学生也为我捏了一把汗，我露出八颗牙齿的微笑，不慌不忙地问道：

"很多人把投行的工作比喻成一份艺术品。那么对于一个初来乍到的投行分析师，如何摆脱只是机械性地完成上司交托的任务，而把独立的思考和看法带入到这份作品中？"

也许是当时的问题让彼特记住了我。他在离开前，还特地找到我，留下了他的名片。Networking（社交）是一个持续的过程，需要常常保持着联系。缘于那个问题，那场交流会，让我们一年来一直保持着联系。

我们再次通话是在交流会后的一个星期五，我打电话向彼特请教投行申请的建议，他提出的第一个问题就是：

"为什么会选择投行这条路？"

说实话，大二时候的我，还没有彻底想过这个问题，我对这个问题的答案是模糊笼统的。小时候的我一直梦想有一天能够在华尔街留下脚印，闯一番天地。甚至在小学的时候还曾写过关于华尔街的复仇故事，而女主人公就是一名投行家。懵懵懂懂的文字，体现了我对华尔街的痴迷。

从大一开始准备，尝试探索不同的金融职业选择。可是不论在中国或美国，要找到一份含金量高的实习实属不易，曾投递了几百封简历，打了几百通的电话。"请问你们这个暑期在招实习生吗？"问了无数次，也体验了无数次被拒绝的机会。最终锁定了在普华永道审计部门的2016年暑期实习，也是当时50个实习生中唯一

摄于2016年8月4日：普华永道实习杀青。

　　并发下此微信帖子以作纪念："暑假实习煞科，出差在外3星期，所见所学，收获甚丰。体验了'四大'高效却从容，严谨但融洽的文化个性。更认识了这么一群可爱，inspirational的前辈及学长学姐们。"

的大一学生。会计是所有金融行业的基石，复杂的模型或报告都离不开公司的财务报表。全球四大会计师事务所之一的普华永道实习生的要求也自然而然的苛刻和严谨。4个星期的实习，紧张的培训再到各个客户公司实地审计，从刚开始对财务报表的懵懂状态，到后来的倒背如流，所学所闻，对之后的投行实习甚有帮助。

从那时渐渐意识到自己的性格，需要一个具备挑战性和快节奏的工作磨炼。这是我向不同行业的学长学姐请教后，发掘出来的投行这个选择。之后我还在网上做各种测试："你的性格适合投行哪种行业？"得出的结论就是IBD投行。这就如为我度身定造一般，作为商学院学生毕业出来含金量最高的职业选择：需要有思维上的挑战、快速的学习能力、极强的执行能力、技术性的专业能力、对行业及市场的敏感度以及和不同行业的客户打交道的智慧和气度。也就是在那个时候确定走投行这条路，并把所有精力投入到投行的申请中。

见我在电话这边愣了一下，彼特紧接着说道："之后的所有面试，这很有可能是你会被问到的第一个问题，你回答的质量也会决定你面试成败的关键。要回答好这个问题，你首先要对这个行业了解透彻，要知道我们的分析师每天面对的是怎样的工作。"

10分钟后，再次收到他的邮件，附件是分析师之前做过的一份交易和其买卖方的报表资料，需要我在最短的时间通过投行最传统的3个估值法为卖方公司估价，从零开始在Excel上建立我自己的融资模型。这也是他为我布置的第一份作业。这对任何商学院学生来讲都是一个极大的挑战，彼特还在邮件的最后留下了如此励志的一段话：

"Where you are right now is not as important as where you want to be. Hence, the need to work hard and study."（你现在所在的位置远没有你想要达到的目的地重要，务必要刻苦学习，才能更上一层。）

这场考核非常独特，难度极高。说实话，打开第一份作业的时候的我确实傻眼了，大脑一片空白，100多页的公司资料和信息，那还只是卖方公司而已，再加上上百页的财务报表和市场分析，不知头绪从何而来，定下神后请教了一下在高盛刚刚结束实习的学长。他也笑说："这是哪家公司给你出的难题啊？的确不易。就算是实习完后的我，也要花上100多个小时才能完成。但是只要你能把这个模型做出来，以后再复杂的问题都不会难倒你了。"从那天开始，每天做完学校功课以后，就在罗斯的电脑室看彼特给我的公司资料，一个个专业名词去查，在网上看完一个又一个教做模型的视频。而每个星期末都会给彼特报告我模型上的进展，把所有算出来的数字给他检查。而彼特也会在周五下班前检查我的模型，并指出其中的错误，每次回件都会留下密密麻麻的评语。一份份作业，从零开始，一个个数字去填满，一次次去修改，一次次去重新估价，从开始的一无所知到渐渐对投行有初步了解，终于在一年间完成了好几个完整的融资模型。

每逢节假日的时候也会收到他的邮件，彼特偶尔会"开恩"让我休息一周。一年如一日，就为帮助一个大二的"金融菜鸟"，让我说不出的感动。在建立人际网的路上，每一位人生导师对我的启发及帮助，都难以回报。基于此，我时刻提醒自己：要坚持下去，不能让他们失望。这一段段亦师亦友的关系，是我这几年来最大的收获之一。

有一句话说得很好："When I thought I could not go on, I forced myself to keep going. My success is based on persistence, not luck."（当我以为我无法继续走下去时，我强迫自己要继续前进。我的成功是基于我的坚持，并非运气。）华尔街求职的这一年来，让我体会到了坚持的重要性，只要这种执念还在，那么离成功也就不远了。

这让我想起了2007年小学四年级在广州发行量很大的《第二课堂》杂志发表的一篇文章，为在广州星海音乐厅欣赏《国乐飘香——徐沛东广东音乐新编作品音乐会》的观后感。

很多年前，我和外公到星海音乐厅观赏《国乐飘香》。原以为我是最小的听众，走进音乐厅，纵观全场，谁不知，还有一个比我更小的男孩在里面窜来窜去。我对广东音乐很陌生，只是某一个片段的、零碎的感觉。听完整场音乐会，外公问我最喜欢哪几首，我说：《饿马摇铃》和《娱乐升平》，这两首曲子，它们令我激情澎湃，昂扬振奋，现在流行一个词儿，叫"阳光"。我想我是喜欢明快的，激情的，节奏鲜明的东西。外公对我这点感受，大加赞赏。我还悟到，外公是想在我的性格中注入活泼、生动、开朗、明快的因子，不希望我内向、呆板、沉闷、固执。主持人致辞的时候，把广东音乐称为"国乐"。这就是说，广东音乐不但是广州的、广东的，而且是中国的，它张举的文化精神和文化品位，也当之无愧的是一种中国的文化精神和文化品格。

这种精神、这种品格的内涵是什么呢？

我想到了长篇电视剧《冼星海》中的一首广州民谣。冼星海在法国巴黎最潦倒的时候，想起小时候，在番禺故乡，他的母亲教给他一首在广州广泛流传的民谣，叫作《顶硬上》。这首民谣写道："顶硬上，鬼叫你穷，铁打的心脏铜打的肺，充实心肠去捱世，捱得好，发得早，老来叹番好。""顶硬上"是叫你不畏艰难，百折不挠，"铁打心肠铜打肺"是叫你坚忍不拔，英勇搏击，"捱得好，发得早，老来叹"是叫你要年少立本，志存高远，早日达到美好理想境界。《顶硬上》这首民谣，深远悠长，广泛流行于珠江三角洲、港澳，及东南亚一带。在《冼星海》全剧中，《顶硬上》的旋律从头到尾反复出现。冼星海从一个打工仔，跃升为精英人士，从一个平凡人跻身于音乐的殿堂，从"一文不值"到震撼中国，乃至世界。沉沦的时候，潦倒的时候，悲观的时候，受侮辱的时候，每时每刻都能从母亲传承给他的这首民谣中找到力量，找到智慧，找到情感的共鸣，找到精神的支撑。《顶硬上》与广东音乐《旱天雷》《饿马摇铃》和德彪西的《月光》，柴可夫斯基的《悲歌》以及《马赛曲》结合在一起，激励冼星海的"揾世"和"磨炼"，从而积极进取，坚韧搏斗。可以说，广州文化的《顶硬上》，支撑了冼星海天才、伟大的一生，可以说他母亲给他的文化胎记，使冼星海终身受用不尽。

民谣《顶硬上》，还展示了广州和岭南这个地方不畏艰险、韧性进取、务实不务虚的一种文化精神和文化品格。这是广州、岭南

小学期间，曾多次在《第二课堂》发表文章：图为杂志封面及作文节选。

这个地方独特的自然环境和人文环境形成的、生长的，并发扬光大的。广州和岭南改革开放40多年，"顶硬上"正是它的一个精神支撑点。

我生在广州，沐浴在"顶硬上""铁打心脏铜打肺"的文化氛围中。我们在举办亚运、构建和谐、培孕文明的征途上，如果承传拼搏进取、不畏艰难和创新精神，那我们就会无往而不胜。

很多人选择华尔街也许是因为它的名气，以及所能开启的机会之门。毫无异议的是，华尔街的实习会在我职业简历上留下耀眼亮点，也会在我的人生简历上留下些辉煌。但从12岁赴美到20岁获得华尔街的录取通知书，这8年来的经历、磨炼本身就是一种人生升值。很多人都说，第一桶金无比重要，"第一桶金"是从"0"到"1"的临界点，意味着从无到有的突破。而我的第一桶金早就在刚来美国的第二年，已经有了突破。我当时是美国佛罗里达那所初中唯一的一个华人学生，也是那一年末，我们学校有了第二位从中国南方来的新学生，他比我低一级。有一天我被学校主任叫到办公室，"我们学校又有一位从中国来的学生，但是他的英文不是很好，想请你帮我们做一下翻译工作。"初次见面的时候，Leo（里奥）还是一个羞涩男孩，作为"前辈"，就像看到一年前的自己，完全可以体验到语言的障碍和文化不同的挣扎。不同的是，自己来美国前受过几年的小学英文教育和参加过一些英语课外班，而Leo除了知道ABC字母表和一些简单的单词以外，几乎没有接受过任何英语教育。对全新语言环境和文化更是水土不服。

从那时开始，我担任了Leo的家教，每周六辅导他英文，当时一个小时是8美元，这是我人生的第一桶金。赚每一笔钱都会存起来，至今家里还保存着那几年赚的"第一桶金"，皱褶的一沓沓钞票，纪念着我第一次实现自己的价值。初中到高中，一直都担任Leo的家教，高中毕业，离开佛罗里达之际，傍晚时与妈妈在海滩散步，回忆起初中到高中的6年时光，感叹其中的不易，突然想起应该探望一下住在附近的Leo，顺便道个别。Leo除了学校，几乎所有的时间都在父母的餐馆帮忙。那天也见到了他的妈妈，聊了好一会，临别时她哽咽着说："Leo是我们全家的寄托，如果他能够上大学，会是我们家族第一个大学生，我们全家再辛苦也愿意。"望子成龙，母亲的心情怎么会不懂。如果说出国读书的学生在前线"冲锋陷阵"，面对着重重关卡，那么背后的亲友团，就是最强大的后盾。每当想起Leo和他的家人，心里也为自己的家人一路来的陪伴和付出所感动。回去佛罗里达州探望旧友的时候，有时会和Leo一聚，看到他从语言关到思维关再到文化关，一步步去克服，也给了Leo大学申请一些建议。欣慰的是，当年懵懂的男孩现在也是一名会计系的大学生了。他是他们整个家族有史以来第一名大学生，慢慢地实现着他的梦想。作为他在美国的第一个朋友，第一个外教"老师"，满是欣慰。

高三的时候，我放学后会在一家寿司店担任服务生，一小时报酬是10美元工资外加小费。端着沉重的餐盘，从厨房到饭桌腾来腾去，晚上在打烊后清理洗手间，擦拭每一张桌子和餐牌。现在回想起来，后面在华尔街的交流会上一连四五个小时的"站功"比起在寿司店的体力活根本不算什么，这种"站功"也许就是那时候起慢慢养成的。令人感叹的是看着20多年前从中国移民到美国的寿司店老板，没有周末、没有节假日，十年如一日地在餐厅忙得天昏地暗。有一次他苦笑道："十几年了，几乎不见天日，连带老婆孩子去旅游的机会都不曾有过。"当时就意识到自己不想要这样的人生，在同一个地方待太久，未必是一件好事，需多出去走走，拓展视野。

从小家里对我口才和语言能力的培养很是重视，在广州东山培正小学六年来一直担任学校主持一职，直至去美国。16岁的我在暑期报名了新东方的SAT培训班，18岁的我抱着"试一试"的态度申请了新东方教授SAT阅读一职。两年之隔，通过了一轮笔试，三轮面试，成功站到了讲台上。也是从那时候开始就迷上了面试这种考核模式，短短几十分钟的阐述，就如几十页简短的幻灯片一般，用最到位的口才、最简练的语言展现出自己从出生到现在所有的经历和特别之处。估计那时候的我并不知道那三轮面试仅仅是开始吧，后来历经华尔街的数十场、上百轮的各种面试，也是从18岁那年开始就一步步做功课开始的。

任职于新东方期间，每天在30摄氏度的高温下，奔走在广州各个新东方教室，辅导上百个学生，有的甚至来自别的城市，例如深圳、珠海等。教一天的SAT课，回到家时喉咙已经沙哑，这也是很累的活儿。从12岁的8美元到华尔街的雄厚薪水，这一递进就是这一路成长、一路增值的最好见证，正是这种人生升值的曾经沧海苦尽甘来，让我无惧于之后漫长的华尔街考核过程，让我能在压力下不断成长。从佛罗里达家教的第一桶金，到广州新东方，再到纽约华尔街，每一次的地点转换，新职业的尝试都有突破，从获得胚胎到获得天启。

我的童年至华尔街简历

2001年9月，前往白云机场迎接金庸，与金爷爷合照刊于广州《南方都市报》2001年5月21日头版头条并获金庸亲笔题字

2002年，为《孩子》（《家庭》子刊）御用封面模特

2004年，南方少儿频道举办的"安徒生故事大王大赛"荣获"小故事大王"称号

2004年，"广东省第二届青少年艺术大奖赛"银奖

2005年，亚奥理事会主席、科底特能源大臣艾哈迈德·法赫德·萨巴特亲王视察广州亚运会会场。代表广州前往迎接，并于白云机场合影

2005年，广州市越秀区跨越式试验课题学生电脑作文竞赛一

等奖

2006年，广州市"八荣八耻"演讲大赛一等奖

2006年，"广州市儿童知荣辱献五心"演讲比赛一等奖

2006年，第五届"学英语"全国小学生英语听读能力竞赛二等奖

2006年，第十一届全国中小学生绘画、书法作品比赛绘画类三等奖

2013年，荣获全美义工青年奖，由白宫颁发，美国前总统奥巴马亲笔签名

2014年暑假，在新东方任SAT阅读老师

2016年暑假，参与密歇根大学罗斯商学院中国企业战略国际课程

2016年暑假，在普华永道审计部门实习

2016年，参加美国密歇根大学安娜堡《非诚勿扰》节目录制

2017年暑假，参加江苏卫视《非诚勿扰》节目录制

2017年暑假，在纽约第五大道某精品投行实习12周

2018年暑假，在纽约美林证券投行部实习10周，斩获全职录取通知书

　　广州亚运会前夕，代表广州迎接亚奥理事会主席、科威特能源大臣。于白云国际机场合影。

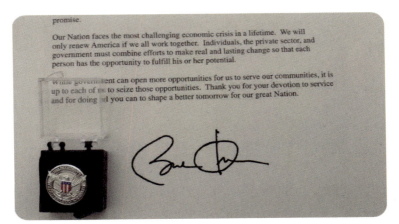

2013年荣获全美义工青年奖，由白宫颁发，奥巴马亲笔签名。

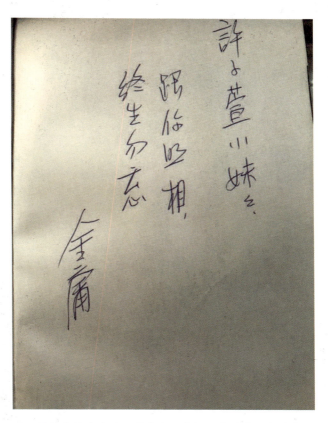

　　2001年9月金庸首次访穗。前往白云机场迎接金庸，与金爷爷合照刊于广州《南方都市报》2001年5月21日头版头条并获金庸亲笔题字。

　　"许子萱小妹，跟你照相，终生勿忘，金庸。"

　　其间与金爷爷精彩对话，至今受益，也会继续谱写属于自己的江湖。

　　曾担任南方小记者及南方少儿频道举办的"南方少儿故事大赛"小评委；任职南方小记者期间，曾到广东各地进行实地采访。

南方少儿频道举办的"南方少儿故事大赛"荣获"小故事大王"称号。

为《孩子》(《家庭》子刊)封面模特,图为杂志封面。

　　2016年暑假，参与密歇根大学罗斯商学院中国企业战略国际课程，有机会重游上海并至跨国公司交流学习，深感荣焉。

　　在上海Soho为罗斯商学院等校友演讲小组投资项目，其间，大咖评委组成及犀利的提问，实属绝佳历练时机。

　　项目期间所要完成的报告和演讲使此项目异于普通的旅行。环环相扣，日夜兼程。在体验式的教学下重组对中国经济转型及市场机会的见解；在高强度气场及环境下培养跨界批判思维。所学所见，积累了很多经验，引发了很多思考。

　　大三暑期实习结束并成功斩获纽约美林证券投行全职。升入大四的初秋季节回去佛州高中拜访了自己一直尊敬的英文老师

Mr.Knight（奈特老师）。他在我们高中是出了名的严格。第一节课，让我们在10分钟内阅读和分析莎士比亚的3首十四行诗，并抽查学生提问。整整一个学期下来，从《罗密欧与朱丽叶》到美国古典小说，再到诗词朗诵、讨论式的课堂，对于当时英文属于提高的阶段的我来说每一节课都是一个坎，也是这位老师让我在短短几年时间里英文写作能力神速成长。我在《非诚勿扰》的舞台上选择朗诵《再别康桥》也是受到这位老师启发，当时老师在我高一那年组织了全级朗诵大赛，由每位学生自由选择诗歌，并在全级面前进行朗诵，如用多语朗诵可加分。《再别康桥》是我从小喜爱的一首诗，诗人对康桥的惜恋，对过去的憧憬。诗文字里行间，画面的鲜明，意境很美，新月诗派的三美之"绘画，建筑，音乐美"被体现得淋漓尽致。很理所当然地被选择为课外阅读的诗佳作。我用普通话、粤语和英语朗诵出这首诗，并获得了全级第二的奖项。

"撑一支长篙，向青草更青处漫溯；满载一船星辉，在星辉斑斓里放歌。"从一开始连一整句英文都说不流利的我，到在全级面前表扬朗诵这首诗，那些年的坎坎坷坷，给予了自己"放歌"的动力，为后面的"星辉"画下了帷幕。直到3年后我去探望老师，他还

　　2012年在全级朗诵比赛中用普通话、粤语和英语朗诵《再别康桥》，荣获前三（奖杯照）。

对当初朗诵的情景印象深刻。在江苏卫视《非诚勿扰》的舞台上再次朗诵此诗，也有去美9年的心路历程的纪念意义。

　　所谓"严师出高徒"，去美后，不论初中或高中一直跟老师的关系都很亲近，一有机会定回母校探访老师，每一次的交谈都颇受启发。最近一次回母校乃是大四拿到美林全职工作之后，听了我在纽约美林的实习经历，奈特老师露出无尽欢喜的笑容："一路看着你从第一天上课那个不敢发言的腼腆女孩，到在全级朗诵比赛上自

　　2018年春天，英国游学期间，初访英国剑桥大学，摄于康河上，亲身
体验诗中那柔美幽怨的意境。此地也是徐志摩一生的转折点，开启了诗人
的心灵。正如诗人所说："我的眼是康桥教我睁的，我的求知欲是康桥给
我拨动的，我的自我意识是康桥给我胚胎的。"

信地用普通话、粤语、英语朗诵《再别康桥》，再转变到现在的纽

约投行家，衷心地为你骄傲。"听到这句话的时候，我的眼眸已微

微湿润，也是这位老师，将我当年写着密密麻麻中文的笔记保存至

今。从高中第一节课开始就不苟言笑的奈特老师， 在7年之后得到这位启蒙老师的认可，他所展露出由衷、欣慰的笑容，也算是我这一路付出的最大鼓励吧。

他又说道："谢谢你还惦记着我，但不要经常回来了。继续去闯出属于你的世界，活出自己的人生。"（Go live your life and go make a difference.）

12岁开始到20岁，这一路的艰辛每次回味起来都觉后怕，也正是它们积聚我潜在韧劲和力量暗示。无论以后我在哪里，选择什么样的路，秉承这种"顶硬上"的文化品格都会让我继续前行，"无往而不胜"。

尾声
视力与视野天地之别

　　眼睛，只看到当下；视野，才能看到未来。两只狼来到草原，一只看不见肉而气馁，这是视力。一只看见了草而兴奋，这是视野。此说，很耐人寻味。实习—毕业—未来，就是一个从视力到视野，从目光短浅到广阔视野，长途跋涉弥久历新的漫长过程。

　　外公在我出生的时候，为我取名子萱，原意为"萱草堂前乐无忧"。期盼我能为亲人和家族忘忧解闷。但是"萱"的另一个释义出自苏东坡的《萱草》："萱草虽微花，孤秀能自拔。"不依不饶，拒绝平庸的生活，也让这10年来的去国离家经历注定不风平浪静。未来漫漫长路，密歇根大学安娜堡、美林投行都不是结点，而是序幕。梦想是梦跟想的结合。"梦"是欲望，"想"是行动。家里这么多年来的支持、呵护、陪伴，所以更"想"。在这漫长的岁月里，多年来的聚散离别，家人是我最盛大的动力。时间带走的是心境，带不走的是姿态。不知永恒的结点在哪里？而我自己，会继续带上八颗牙齿的微笑，不辜负生命，继续起舞。

愿家里椿萱并茂，乐而无忧。

愿世间所有的"萱草微花"热烈绽放。

——写于2019年初广州家宅

附录

个人微档案

背景：

出生广州，12岁在佛罗里达上学。经历过了密西根的冬天，后极其想念温暖的广州和佛罗里达的阳光。

性格：

外向，阳光和带有"一点"小自恋的人，喜欢社交和爬梯。笑点极低，话很多。

喜欢吃什么：

生活离不开吃，最喜欢交会做饭的朋友。南方女孩，北方口味，自称无辣不欢，四川火锅是我的挚爱。

最欣赏的歌手：李健

被一句"箭中靶心，箭离弦"（但丁《神曲》）的点评圈粉。曾漂洋过海观看他的巡回演唱会。

最喜欢的作家：简·奥斯丁

在伦敦游学时候曾数次参访她曾居住的巴斯。

有趣的经历：

每年暑假回去中国，平均每天有7个人会问我是不是混血儿，很多会猜中印、中非或中墨，但我是100%汉族血统，只是肤色比较古铜色一点。

后记

末了，就以短短几段话作为收篇。

转眼来到美国已是第10个年头了，12岁结缘于华尔街。大二开始的求职之路，到10星期的美林投行实习时光，有乏累、有彷徨、有压力，更有喜悦。这段经历，是我人生航旅中，一个极其重要的转折。

这本书的灵感起源于2018年1月初与家人在某个下午茶的一次杂谈。当时美林的实习已定，心中大石终落下。心想何不趁这短暂空闲之时写一本杂记，以纪念这段独特的时光。想必数年后再回首，定会别有体悟。

从开笔到初稿，前前后后历经一年。真正撰写的时间仅两个多月。下笔千言，一气呵成。本文收集了期间大大小小的自述故事：凌晨误闯高盛，初访纽约铜牛，华尔街之必饮咖啡、鸡尾酒文化，相亲节目作为简历亮点，纽约中央公园放声大哭等。展现的是其中人生片段和心路思絮。

这本杂记应超越华尔街求职的范围。面考为名，思考为实。正如但丁《神曲地狱篇》中"箭中靶心，箭离弦"所强调的对速度的追求。随着众多投行及企业逐渐提前招聘时间，同时对软实力在面考环节的愈加重视，大学不应再是梦想的最终彼岸，而只是起点。而后漫漫长路，这本书也许可以给予阅读者些许触发，当然这只不过是作者自己的一点宿愿罢了。

此处，不能免俗地向促成了这本书的诸多家人和友人致谢：外公的影响在书中提及。而外婆的方式是涓涓细流的，多次千里迢迢到美国陪伴我，在傍晚散步聊天中排除我的困扰。我的童年简历资料也是她经年累月积累起来的。妈妈则用她独特的方式，从小学六年的接放学之路到来美的每一个陪伴，时而调侃、时而揶揄、时而辩论，思维的碰撞，闺蜜式的相处方式，一直让我欣赏并被启迪着。还有我的二姨，总是在有需要之时，为我默默打气，有时一杯奶茶，有时一个甜品，透出细腻中的关切，幸福由心而生。各自简单的方式，不一样的温暖。感恩之念不尽言中。

同时感谢编辑们。大谢无言。

来过，绽放过，终有轻舟越过万重山。

——2019年1月